COSACNAIFY

SAMUEL BECKETT

TEXTOS PARA NADA

TRADUÇÃO **ELOISA ARAÚJO RIBEIRO**
POSFÁCIO **LÍVIA BUELONI GONÇALVES**

I

Subitamente, não, por fim, enfim, não pude mais, não pude continuar. Alguém disse, Você não pode ficar aí. Eu não podia ficar ali e não podia continuar. Vou descrever o lugar, isso não tem importância. O topo, muito plano, de uma montanha, não, de uma colina, mas tão agreste, tão agreste, basta. Lodo, urze à altura dos joelhos, imperceptíveis veredas de ovelhas, erosões profundas. Era no vão de uma delas que eu jazia, abrigado do vento. Belo panorama, sem o nevoeiro que velava tudo, vales, lagos, campina, mar. Como continuar? Eu não devia ter começado, sim, devia. Alguém disse, talvez o mesmo, Por que veio? Poderia ter ficado no meu canto, aconchegado, aquecido, abrigado, não podia. Meu canto, vou descrevê-lo, não, não consigo. É simples, não consigo fazer mais nada, como se diz. Digo ao corpo, vamos, de pé, e sinto o esforço que ele faz, para obedecer, como uma velha carniça caída na rua, que não faz mais, que faz ainda, antes de desistir. Digo à cabeça, Deixe-o em paz, fique tranquila, ela para de respirar, e então ofega ainda mais. Estou longe de todas essas histórias, não deveria me preocupar com elas, não preciso de nada, nem de ir em frente, nem de ficar onde estou, isso me é totalmente indiferente. Deveria afastar-me, do corpo, da cabeça, deixar que se entendam, deixar que parem, não posso, seria preciso que eu parasse. Ah sim, somos mais de um, parece, todos surdos, nem isso, unidos para o resto da vida. Outro disse, ou o mesmo, ou o primeiro, todos têm a mesma voz, as mesmas ideias, você devia ter ficado em casa. Em casa. Queriam que eu voltasse para casa. Minha casa. Sem o nevoeiro, com bons olhos, com uma luneta, eu a veria daqui. Não é um simples cansaço, não estou simplesmente cansado, apesar da ladeira. Tampouco que eu queira ficar aqui. Tinha ouvido, devo ter ouvido falar da vista, o mar lá longe, ao fundo, chumbo batido, o vale dito dourado tantas vezes cantado, os vales duplos, os lagos glaciares, a fumaça da capital, só se falava nisso. Afinal de contas, quem são essas pessoas? Seguiram-me, precederam, acompanharam? Estou na cova que os séculos cavaram, séculos de mau tempo, de bruços no solo tostado onde estagna, lentamente sorvida, uma água açafrão. Elas estão lá em cima, a toda a volta, como no cemitério. Não posso erguer os olhos para elas, que pena. Não veria seus rostos. As pernas talvez, enterradas na urze. Será que me veem, o que podem ver de mim? Talvez já não haja ninguém, talvez tenham partido, enojadas. Escuto e são os mesmos pensamentos que ouço, quero dizer, os mesmos de sempre, curioso. E dizer que no vale o sol brilha, céu abaixo descabelado. Desde quando estou aqui? Que pergunta, muitas vezes eu a fiz. E muitas vezes soube responder, Uma hora, um mês, um ano, cem anos, conforme o que entendia por aqui, por mim, por ser, e aí nunca procurei coisas extraordinárias, nunca variei muito, quando muito o aqui parecia variar. Ou eu dizia, Não deve ter muito tempo, eu não teria aguentado. Ouço os maçaricos, isso significa que a tarde cai, que a noite cai, pois os maçaricos são assim, gritam quando anoitece, depois de terem calado a tarde toda. Assim, é assim com essas criaturas selvagens e de vida tão curta, comparada com a minha. E essa outra pergunta, que também conheço muito bem, Por que ter vindo, sem resposta, de modo que eu respondia, Para mudar, ou, Não sou eu, ou, Foi o acaso, ou ainda, Para ver, ou enfim, nos anos dourados, Foi o destino, sinto que ela chega, que chegue, não me pegará desprevenido. Tudo é ruído, negra turfa saturada que ainda deve sorver, marulho de filifolhas gigantes, urze com abismos de calma onde o vento se afoga, minha vida e suas velhas ladainhas, Para ver, para mudar, não, está visto, tudo visto, a ponto de criar remela, nem por estar mal abrigado, o mal está feito, o mal foi feito, no dia em que saí, a reboque de meus pés feitos para andar, para dar passos, que deixei andar, que me rebocaram até aqui, foi por isso que vim. E o que faço, o essencial, respiro, dizendo cá comigo, com palavras como que feitas de fumaça, Não posso ficar, não posso partir, vejamos o que vem a seguir. E qual a sensação? Meu Deus, não posso me queixar, é ele mesmo, mas em surdina, como se enterrado na neve, menos o calor, menos o sono, acompanho bem, todas as vozes, todas as partes, bastante bem, o frio me devora, a umidade também, enfim, suponho, estou longe. Meu reumatismo, em todo caso, já não penso nele, não me faz sofrer mais que o de minha mãe, quando a fazia sofrer. Olho paciente e fixo, nessa cara feroz de abutre, olho fiel, chegou sua hora, talvez tenha chegado sua hora. Estou lá em cima e aqui embaixo, é assim que me vejo, estatelado, de olhos fechados, a orelha feito uma ventosa contra a turfa que suga, estamos de acordo, todos de acordo, no fundo, desde sempre, nos gostamos, nos lamentamos, mas nada podemos fazer. O que é certo é que dentro de uma hora será tarde demais, dentro de meia hora será noite, e mais, não é certo, o que então, o que é que não é certo, absolutamente certo, que a noite impeça o que o dia permite, àqueles que sabem se haver com isso, querem se haver com isso, e podem, podem de novo tentar. O nevoeiro vai se dissipar, eu o conheço, por mais distraído que se esteja, o vento vai refrescar, quando anoitecer, e sobre a montanha todo o céu noturno, com suas luzes, e com as Ursas para me servir de guia, mais uma vez, de guia para meus passos, esperemos a noite. Tudo se mistura, os tempos se misturam, primeiro eu tinha apenas estado aqui, agora continuo aqui, logo mais ainda não estarei aqui, penando à meia encosta, ou entre as filifolhas que bordejam o bosque, são lariços, não tento compreender, nunca mais tentarei compreender, é o que se diz, por ora estou aqui, desde sempre, para sempre, não terei mais medo de palavras grandiosas, não são grandiosas. Não me lembro de ter vindo, nunca poderei partir, todo o meu mundinho, estou de olhos fechados e sinto no rosto o húmus áspero e úmido, meu chapéu caiu, não caiu longe ou o vento o levou para longe, eu era apegado a ele. Ora o mar, ora a montanha, muitas vezes foi a floresta, a cidade, a campina também, experimentei a campina também, me fiz de morto em todos os cantos, de fome, de velhice, assassinado, afogado, e depois sem motivo, muitas vezes sem motivo, de tédio, é revigorante, um último suspiro, e os quartos então, de minha boa morte, na cama, sufocado sob meus penates, e sempre resmungando, as mesmas coisas, as mesmas histórias, as mesmas perguntas e respostas, bom menino, quase sempre, no auge de minha ignorância, jamais uma imprecação, não seria tão bobo, ou então esqueci. Sim, até o fim, em voz baixa, me acalentando, fazendo companhia a mim mesmo, e sempre atento, atento às velhas histórias, como quando meu pai, segurando-me no colo, lia para mim a de Joe Breem, ou Breen, filho de um faroleiro, noite após noite, ao longo de todo o longo inverno. Era um conto, um conto para crianças, passava-se sobre um rochedo, em pleno temporal, a mãe tinha morrido e as gaivotas se estatelavam contra o farol, Joe jogou-se ao mar, só me lembro disso, com um facão entre os dentes, fez o que tinha que fazer e voltou, só me lembro disso esta noite, acabava bem, começava mal e acabava bem, todas as noites, uma comédia, para crianças. Sim, fui meu pai e fui meu filho, fiz perguntas a mim mesmo e respondi o melhor que pude, me fiz contar a mim mesmo, noite após noite, a mesma história, que eu sabia de cor sem poder acreditar nela, ou andávamos, de mãos dadas, calados, mergulhados em nossos mundos, cada um em seus mundos, com as mãos esquecidas, uma na outra. Foi assim que aguentei, até agora. E esta noite de novo parece que tudo vai indo bem, estou em meus braços, me seguro em meus braços, sem muita ternura, mas fielmente, fielmente. Durmamos, como se à luz daquele remoto lampião, entrelaçados, de tanto ter falado, tanto escutado, tanto penado, tanto brincado.

II

Lá em cima está a luz, estão os elementos, uma espécie de luz, suficiente para enxergar, os vivos encontram seus caminhos, sem muita dificuldade, se evitam, se unem, evitam os obstáculos, sem muita dificuldade, procuram com os olhos, fecham os olhos, parados, sem parar, entre os elementos, os vivos. A menos que isso tenha mudado, a menos que tenha cessado. As coisas também ainda devem estar lá, um pouco mais usadas, um pouco mais minguadas, muitas no mesmo lugar que no tempo de sua indiferença. Aqui é outra redoma, logo inabitável também, é hora de sair daqui. Você está aqui, onde quer que esteja será sempre inabitável, é isso. Partir então, não, melhor ficar, pois partir para onde, agora que nos estabelecemos? Voltar lá para cima? Assim também não. Para aquela espécie de luz. Rever as falésias, estar de novo entre o mar e as falésias, andar de um lado para o outro, com a cabeça enterrada nos ombros, as mãos tapando os ouvidos, depressa, inocente, suspeito, nocivo. Procurar, à luz da noite, excessiva, uma demanda à altura da oferta, e se enfurnar, com as mãos abanando, de manhãzinha, com o novo dia. Rever a Sra. Calvet, catando a nata do lixo, antes da passagem dos lixeiros. A Sra. Calvet. Deve estar lá ainda. Com seu cachorro e seu esquelético carrinho de bebê. O que há de mais suportável? Ela falava baixinho, sussurrava, Meu presidente, meu príncipe. Carregava uma espécie de tridente. O cachorro fazia gracinhas, agarrava-se à borda das lixeiras, e juntos remexiam no lixo. Ele a incomodava, ela nem ligava, e dizia, Bicho imundo. Boa lembrança. A Sra. Calvet. Ela sabia o que queria, talvez até mesmo o que teria querido. E a beleza, a força, a inteligência, do dia, a cada dia, a ação, a poesia, à escolha, para todos. Se ao menos houvesse uma maneira de não saber mais isso. Ter sofrido sob aquela mísera claridade, que tolice. Ela não mostrava nada, de terrível, nada se mostrava ali, do verdadeiro caso, ela teria se extinguido. E agora aqui, que agora aqui, um enorme segundo, como no paraíso, e a mente lenta, lenta, quase parada. Entretanto está mudando, algo está mudando, deve ser na cabeça, na cabeça lentamente a boneca se enruga, caso se esteja numa cabeça, está escuro como numa cabeça, antes de os vermes atacarem. Masmorra de marfim. As palavras também, lentas, lentas, o sujeito morre antes de atingir o verbo, as palavras estão parando também. Melhor então que no tempo da tagarelice? É isso, é isso, o lado positivo. E a ausência dos outros, não é nada? Ora, os outros, os outros não existem, nunca incomodaram ninguém. Aliás, deve haver outros outros aqui, invisíveis, mudos, pouco importa. No entanto você se escondia deles, passava rente a seus muros, é verdade, falta algo aqui, faltam os derivativos, aqui só há dor, ora, você dizia isso lá em cima, sinapismo vivo. Enquanto as palavras vierem nada terá mudado, de novo as velhas palavras lançadas. Falar, não há mais nada, falar, esvaziar-se delas, aqui como sempre, mais nada. Mas elas minguam, é verdade, isso muda tudo, minguam, isso é mau, mau. Ou é o receio de chegar às últimas, de ter dito tudo, antes do fim, não, pois isso será o fim, o fim de tudo, não se tem certeza. Ter que gemer, sem poder, ai, melhor se conter, espreitar a agonia certa, ela é falaz, a gente acha que é o momento, começa a urrar, revive, urros benfazejos, melhor ficar calado, é o único meio, se quiser cair morto, sem um pio, cair morto crepitando de imprecações reprimidas, rebentar mudo, tudo é possível, continue. Não é a morte, não é o túmulo, longe disso, não pode ser o túmulo, seria um exagero. Talvez seja verão lá em cima, talvez seja domingo, um domingo de verão. O Sr. Joly está no campanário, deu corda no relógio, agora toca os sinos. O Sr. Joly. Tinha apenas uma perna e meia. Domingo. Não devia ter saído. As estradas estavam escuras, as estradas tantas vezes amigas. Aqui ao menos não há nada disso, não se fala de criador, e quanto à natureza, é vago. Algo seco, é possível, ou líquido, ou lama, como antes da vida. Será que é ar, o que permite que a gente sufoque ainda mais, às vezes quase audível, é possível, uma espécie de ar. O que foi que aconteceu ao certo, ao certo, ah, velho riso de xantina, essa não, não, melhor assim, nunca foi engraçado. Não, mas uma última lembrança, a última, pode ajudar, a falhar mais uma vez. Piers, tocando os bois pela campina, não, pois no final do sulco, antes de dar meia-volta, ergueu os olhos para o céu, e disse, Foram-se os bons tempos. E, realmente, pouco depois, a neve. Em outras palavras, a noite estava escura, quando anoiteceu enfim, mas não, apesar do céu encoberto. Era longo o caminho que levava ao abrigo, através dos campos, sinuoso, ainda deve estar lá. Ao chegar à beira da falésia ele se joga, parece que ensandecidamente, não, astuciosamente, como uma cabra, em bruscos zigue-zagues rumo à praia. Jamais o mar troara de tão longe, o mar sob a neve, embora os superlativos já quase não tenham charme. O dia não fora frutuoso, como era de esperar, considerando a estação do ano, a dos últimos alhos-porós. Era ao menos o retorno, pouco importa a que, o retorno, só que não dava para acreditar. O que aconteceu? Um encontro? Bum!? Não. Na altura da fazenda dos irmãos Graves uma breve parada, diante da janela iluminada. Um clarão, vermelho, ao longe, a noite, o inverno, vale a pena, deve ter valido a pena. Pronto. Está feito, acaba aqui, acabo aqui. Uma longínqua lembrança, longe das últimas, é possível, estamos bem das pernas. Pena que a esperança morreu. Não. Como se tinha esperança lá em cima, de vez em quando. Com que diversidade.

III

Deixe para lá, eu ia dizer deixe tudo isso. O que importa quem fala, alguém disse, o que importa quem fala. Vai haver uma partida, estarei lá, não serei eu, estarei aqui, direi que estou longe, não serei eu, nada direi, vai haver uma história, alguém vai tentar contar uma história. Sim, às favas os desmentidos, tudo é falso, não há ninguém, está entendido, não há nada, às favas as frases, sejamos enganados, enganados pelos tempos, por todos os tempos, esperando que isso passe, que tudo tenha passado, que as vozes se calem, são apenas vozes, apenas mentiras. Aqui, sair daqui e ir para outro lugar, ou ficar aqui, mas indo e vindo. Mexa-se primeiro, é preciso um corpo, como antigamente, não nego, não negarei mais, direi que sou um corpo, um corpo que se mexe, para a frente, para trás, que sobe e desce, conforme as necessidades. Com um monte de membros e órgãos, o bastante para viver mais uma vez, para aguentar mais um pouquinho, chamarei isso viver, direi que sou eu, ficarei de pé, não pensarei mais, estarei ocupado demais, em ficar de pé, em me manter de pé, em mudar de lugar, em aguentar firme, em chegar ao dia seguinte, à outra semana, será suficiente, oito dias serão suficientes, oito dias na primavera, é revigorante. Basta querer, vou querer, querer um corpo para mim, querer uma cabeça para mim, um pouco de força, um pouco de coragem, vou começar, oito dias passam rápido, depois a volta, este lugar inextricável, longe dos dias, os dias estão longe, não vai ser fácil. E por que, afinal, não, não, deixe para lá, não recomece, não ouça tudo isso, não diga tudo, tudo é velho, é tudo igual, está decidido. Aí está você de pé, sou eu quem diz, juro, mexa as mãos, apalpe o crânio, sede do entendimento, sem o que, neca, depois o resto, as partes baixas, vai precisar delas, e diga como você é, dê um palpite, que tipo de homem, tem de ser um homem, ou uma mulher, sinta entre as pernas, não há necessidade de beleza, nem de vigor, oito dias passam rápido, ninguém o amará, não tenha medo. Não, assim não, rápido demais, me assustei. E para começar pare de ofegar, ninguém vai matá-lo, ah, não, ninguém vai amá-lo e ninguém vai matá-lo, você pode acabar na grande depressão de Gobi, lá vai se sentir em casa. Esperarei por você aqui, bem tranquilo, tranquilo por você, não, estou só, só estou, sou eu quem vai embora, dessa vez sou eu. Sei como vou fazer, vou ser um homem, é preciso, uma espécie de homem, de criança velha, terei uma babá, ela vai gostar de mim, vai me dar a mão, para atravessar, vai me soltar nos parques, vou me comportar bem, ficarei no meu canto e escovarei minha barba, vou penteá-la, para ficar mais bonito, um pouco mais bonito, se pudesse ser assim. Ela me dirá, Venha, meu bem, já é hora de ir embora. Não terei responsabilidade, a responsabilidade será toda dela, vai se chamar Nanny, vou chamá-la de Nanny, se pudesse ser assim. Venha, meu amorzinho, já é hora de mamar. Quem me ensinou tudo o que sei, fui eu mesmo, quando ainda vagava, deduzi tudo, da natureza, com a ajuda de um tudo-em-um, bem sei que não, mas é tarde demais, tarde demais para negá-lo, os conhecimentos estão aí, luzindo alternadamente, próximos e longínquos, piscam sobre o abismo, cúmplices. Deixe para lá, é hora de ir embora, de dizer isso, em todo caso, chegou a hora, não se sabe por quê. O que importa que diga que está aqui ou noutro lugar, fixo ou móvel, sem forma ou oblongo como os homens, sem luz ou na luz celeste, não sei, parece que importa, não vai ser fácil. E se eu recomeçasse de onde tudo se apagou, não, isso não vai dar em nada, nunca deu em nada, a memória disso também se apagou, uma grande chama e depois a escuridão, um grande espasmo, e então nem peso nem espaço transitável, não sei. Tentei me jogar da falésia, na rua no meio dos mortais, não deu em nada, desisti. Refazer o caminho que me trouxe até aqui, antes de me aventurar no sentido contrário, ou de ir mais longe, sábio conselho. Isso é para que eu nunca mais me mexa, para que fique tagarelando aqui até o fim dos tempos, murmurando, a cada dez séculos, Não sou eu, não é verdade, não sou eu, estou longe. Não, não, vou falar do futuro, vou falar no futuro, como quando dizia cá com meus botões, à noite, Amanhã vou usar a gravata azul, de estrelinhas, e usava, quando a noite havia passado. Depressa, depressa, antes que eu chore. Terei um camarada, minha própria terra, um antigo recruta, reviveremos nossas campanhas comparando nossos arranhões. Depressa, depressa. Ele tinha servido na Marinha, talvez sob Jellicoe, enquanto eu atirava no invasor de trás de um barril de Guinness, com meu arcabuz. Já não temos, é isso, no presente, já não temos muito tempo, é nosso último inverno, aleluia. Nós nos perguntamos o que vai nos levar dessa para a melhor. A tísica vai acabar com ele, comigo provavelmente a próstata. Nós nos invejamos, ele me inveja, eu o invejo, eventualmente. Eu me cateterizo sozinho, com as mãos trêmulas, em pé nos mictórios públicos, curvado, protegido por minha capa, as pessoas me acham um velho asqueroso. Enquanto isso ele me espera em um banco, num tremendo acesso de tosse, cuspindo numa caixa de rapé que, mal fica cheia, ele esvazia no canal, por civismo. Nós bem que fomos dignos da pátria, ela acabará por nos hospitalizar. Passamos nossas vidas, é nossa, querendo segurar num mesmo instante um raio de sol e um banco gratuito, num oásis de verdura pública, fomos tomados de amor pela natureza, já tarde, ela é de todos, em certos lugares. Ele lê para mim em voz baixa o jornal da véspera, ofegando, teria sido bem melhor que fosse ele o cego. As corridas de cavalos são nossa paixão, de galgos também, não temos opinião política, sendo apenas ligeiramente republicanos. Mas nos interessamos também pelos Windsor, pelos Hanovers, já não sei, pelos Hohenzollern talvez. Nada do que é humano nos é alheio, uma vez digeridas as notícias hípicas e caninas. Não, sozinho, sozinho estarei melhor, será mais rápido. Ele me daria comida, conhecia um açougueiro, me enfiaria a alma goela abaixo com sua mortadela. Impediria com consolos, alusões ao câncer, recordações de eternas bebedeiras, o desânimo de solapar meus alicerces. E eu, em vez de estar mergulhado em meus próprios horizontes, o que talvez tivesse me permitido jogá-los embaixo de um caminhão, me deixaria distrair com os dele. Eu lhe diria, Vamos, meu velho, deixe tudo isso, não pense mais nisso, e seria eu quem não pensaria mais nisso, embrutecido com a fraternidade. E as obrigações, penso principalmente nos encontros às dez da manhã, com sol ou chuva, em frente da Casa Duggan, onde já era grande a animação dos esportistas apressados em garantir suas apostas, antes da abertura dos bares. Éramos, o que já não acontece, melhor assim, melhor assim, muito pontuais, devo dizer. Ver chegar debaixo de uma chuva torrencial os restos de Vincent, num balanço involuntariamente alegre de velho lobo do mar, com a cabeça envolta num pano ensanguentado, um brilho nos olhos, era, para um observador perspicaz, um exemplo do que o homem é capaz, em sua sede de prazer. Com uma das mãos ele escorava o esterno, com o dorso da outra a coluna vertebral, não, são lembranças, subterfúgios de antes do dilúvio. Ver o que acontece aqui, onde não há ninguém, onde nada acontece, fazer com que alguma coisa aconteça aqui, que haja alguém, acabar com isso, fazer silêncio, entrar no silêncio, ou em outro ruído, um ruído de outras vozes que não as de vida e morte, vidas e mortes que não querem ser as minhas, entrar em minha história, para poder sair dela, não, tudo isso é bobagem. Pode ser que brote no final uma cabeça toda minha, na qual maquinar venenos dignos de mim, e pernas para bater perna, estarei lá enfim, poderei ir embora, é só o que peço, não, não posso pedir nada. Nada além da cabeça e das duas pernas, ou uma só, no meio, iria embora saltitando. Ou nada além da cabeça, bem redonda, bem lisa, sem precisão de acabamentos, rolaria, seguiria as ladeiras, quase um puro espírito, não, não daria certo, daqui tudo sobe, é preciso ter perna, ou o equivalente, alguns anéis talvez, contrácteis, com isso se vai longe. Partir da frente da Casa Duggan, numa manhã primaveril de chuva e sol, na incerteza de poder chegar até a noite, o que há de errado aí? Seria tão fácil. Estar enfurnado nessa carne ou em outra, nesse braço que uma amigável mão aperta, e nessa mão, sem braços, sem mãos, e sem alma nessas trêmulas almas, através da multidão, entre bambolês, balões, o que há de errado aí? Não sei, estou aqui, é só o que sei, e que ainda não sou eu, é com isso que é preciso se virar. Não há carne em lugar nenhum, nem modo algum de morrer. Deixe tudo isso, querer deixar tudo isso sem saber o que isso quer dizer, tudo isso, está logo dito, logo feito, em vão, nada se mexeu, ninguém falou. Aqui, aqui nada acontecerá, aqui não haverá ninguém, tão cedo. As partidas, as histórias, elas não são para amanhã. E as vozes, venham de onde vierem, estão bem mortas.

IV

Para onde eu iria, se pudesse ir, o que seria, se pudesse ser, o que diria, se tivesse uma voz, quem é que fala assim, dizendo que sou eu? Respondam simplesmente, que alguém responda simplesmente. É o mesmo desconhecido de sempre, o único para quem existo, no vão de minha inexistência, da sua, da nossa, eis uma simples resposta. Não é pensando que ele me encontrará, mas o que será que pode fazer, vivo e perplexo, sim, vivo, diga o que disser. Esquecer-me, ignorar-me, sim, seria o mais sensato, ninguém melhor do que ele. Por que esta súbita amabilidade depois de tanto abandono, é fácil compreender, é o que ele diz, mas não compreende. Não estou em sua cabeça, em parte nenhuma em seu velho corpo, e, no entanto, estou ali, para ele estou ali, com ele, daí tanta confusão. Deveria lhe bastar, ter-me encontrado ausente, mas não, me quer ali, com uma forma e um mundo, como ele, apesar dele, eu que sou tudo, como ele que nada é. E quando me sente sem existência, é da sua que me quer privado, e vice-versa, louco, louco, está louco. Na verdade ele me procura para me matar, para que eu esteja morto como ele, morto como os vivos. Tudo isso ele sabe, mas de nada adianta saber, eu não sei, não sei nada. Ele diz que não raciocina, mas não faz outra coisa que não seja raciocinar, torto, como se isso pudesse ajudar. Acredita balbuciar, acredita que balbuciando vai fisgar meu silêncio, silenciar com meu silêncio, gosta de pensar que é por minha causa que balbucia, claro que balbucia. Conta sua história a cada cinco minutos, dizendo que não é a sua, esperto, não? Ele gostaria de pensar que eu o impeço de ter uma história, claro que não tem história, isso não é motivo para me empurrar uma. É assim que raciocina, de viés, certo, mas de viés de quê, é o que se tem de ver. Ele me faz falar dizendo que não sou eu, vai longe demais, não? E me faz dizer que não sou eu, eu que não digo nada. Tudo isso é realmente grosseiro. Se ao menos me atribuísse a terceira pessoa, como às suas outras quimeras, mas não, só quer o meu eu, para o seu eu. Quando ele me tinha, quando ele era eu, não demorou em me largar, eu não existia, ele não gostava disso, não era uma vida, claro que eu não existia, ele também não, claro que não era uma vida, agora ele a tem, sua vida, que a perca, se quiser ter paz, e olhe lá. A sua vida, falemos dela, ele não gosta disso, entendeu, logo não é a dele, não é ele, que ideia, fazer isso com ele, é bom para Molloy, para Malone, estes sim são mortais, felizes mortais, mas ele, nem pensem nisso, passar por isso, ele que nunca se mexeu, ele que é eu, consideradas todas as coisas, e que coisas, e como consideradas, ele não tinha que se meter nisso. É assim que ele fala, esta noite, que me faz falar, que fala consigo mesmo, que eu falo, só há eu, com minhas quimeras, esta noite, aqui, na terra, e uma voz que não faz barulho, pois não se dirige a ninguém, e uma cabeça cansada de guerra e repleta de mortos logo de pé, e um corpo, já ia me esquecendo. Esta noite, digo esta noite, talvez seja manhã. E todas estas coisas, que coisas, ao meu redor, não quero mais negá-las, não vale mais a pena. Se for a natureza talvez sejam árvores e aves, combinam, água e ar, para que tudo possa continuar, não preciso saber dos detalhes. Talvez esteja sentado debaixo de uma palmeira. Ou é um quarto, com móveis, tudo o que é preciso para tornar a vida mais cômoda, mal iluminado, por causa do muro em frente da janela. O que estou fazendo, falando, fazendo falar minhas quimeras, só pode ser eu. Devo me calar também, e escutar, e ouvir então os ruídos do lugar, os ruídos do mundo, será que vocês veem o esforço que faço, para ser razoável. É esta a minha vida, por que não, é uma, se quiserem, fizerem questão absoluta, não digo que não, esta noite. É preciso ter uma, parece, uma vez que se fala, não é preciso uma história, não se exige uma história, apenas uma vida, foi o erro que cometi, um dos erros, ter querido uma história para mim, quando só a vida basta. Estou progredindo, já não era sem tempo, acabarei conseguindo calar minha boca imunda, salvo previsto. Mas aquele que vai e vem, que dá um jeito de mudar de lugar, sozinho, mesmo que nada lhe aconteça, claro, aquele lá. Fico aqui, sentado, se sentado estou, muitas vezes me sinto sentado, às vezes em pé, uma coisa ou outra, ou então deitado, é outra possibilidade, muitas vezes me sinto deitado, um dos três, ou de joelhos. O que conta é estar no mundo, pouco importa a postura, uma vez que se está na terra. Respirar, é só o que se exige, perambular não é uma obrigação, receber visita também não, você pode até mesmo achar que está morto, com a condição de se fazer notar, será que pode imaginar um regime mais tolerante, não sei, não imagino. Inútil nessas condições dizer a mim mesmo que estou noutro lugar, que sou outro, assim tenho à mão tudo o que é preciso, para fazer o quê, não sei, o que tenho de fazer, enfim, estou de novo sozinho, que alívio deve ser. Sim, há momentos como este momento, como esta noite, em que quase pareço restituído ao factível. E então passa, tudo passa, estou longe de novo, ainda tenho uma história longínqua, espero por mim ao longe para que minha história comece, acabe, e de novo esta voz não pode ser a minha. É para onde eu iria, se pudesse ir, aquele que seria, se pudesse ser.

V

Sou o escrivão, sou o escriba, nas audiências de não sei que causa. Por que querer que seja a minha, não faço questão. Eis que recomeça, eis a primeira pergunta desta noite. Ser juiz e parte, testemunha e advogado, e aquele, atento, indiferente, que anota. É uma imagem, em minha cabeça sem forças, onde tudo dorme, tudo está morto, por nascer, não sei, ou diante de meus olhos, eles veem a cena, por um instante, ela força as pálpebras, num piscar de olhos. Então logo tornam a se fechar, para olhar dentro da cabeça, tentar ver lá dentro, para me procurar ali, para procurar alguém ali, no silêncio de uma justiça um tanto outra, nas telas dessa obscura instância onde ser é ser culpado. Por isso nada aparece, tudo silencia, a gente tem medo de nascer, não, a gente gostaria de nascer, para começar a morrer. A gente, isto é, eu, não é a mesma coisa, lá onde me mato ao querer ver não deve ter querer. Poderia me levantar, dar uma volta, morro de vontade, mas não farei isso. Sei para onde iria, iria para a floresta, tentaria chegar à floresta, a não ser que esteja nela, não sei onde estou. Em todo caso fico. Vejo o que é, procuro ser como aquele que procuro, em minha cabeça, que minha cabeça procura, que intimo minha cabeça a procurar em seu íntimo. Não, não finja procurar, não finja pensar, fique apenas à espreita, com os olhos arregalados atrás das pálpebras, de orelha em pé à espera de uma voz que não seja de um terceiro, nem que só por um instante, o tempo de uma nova mentira. Ouço dizer, deve ser de novo a voz da razão, que a espera é vã, que seria melhor eu ir dar uma volta, assim como se muda de lugar um soldado de chumbo. E sem dúvida ainda é a mesma voz que responde que não posso, eu que há pouco parecia poder, a não ser que seja o sentimento se intrometendo, ele é notoriamente volúvel, e se deixa levar. Por que Pozzo saiu de sua casa, ele tinha um castelo e criados. Pergunta insidiosa, é para que eu não esqueça que sou o acusado. Às vezes ouço coisas que por um instante parecem acertadas, por um instante lamento não serem minhas. Então que alívio, que alívio saber que estou mudo para sempre, se ao menos não sofresse com isso. E surdo, acho que se eu fosse surdo sofreria menos, por ser mudo, e essa agora, que alívio não ter isso na consciência. Ah, sim, ouço dizer que tenho uma espécie de consciência, e com isso uma espécie de sensibilidade, contanto que o orador não se esqueça de nada, e que sem parar de escutar, de rabiscar, eu me aflijo, ouvi, está anotado. Esta noite a sessão está calma, há longos silêncios em que todos me olham, isso é para que eu perca as estribeiras, sinto que estou prestes a gritar, está anotado. Com o canto do olho vigio a mão que escreve, embaçada pelo – pelo contrário da distância. Quem são essas pessoas, são os togados, de acordo com a imagem, mas só de acordo com ela, há outras, haverá outras, outras imagens, outras pessoas. Será que nunca mais verei o céu, nunca mais poderei ir e vir, ao sol, na chuva, a resposta é não, todos respondem que não. Felizmente não perguntei nada, esse é o tipo de enormidade que invejo neles, o tempo do eco. O céu, ouvi – o céu e a terra, ouvi muito falar deles, palavra por palavra, de verdade, não estou inventando nada. Anotei, devo ter anotado muitas histórias tendo-os como cenário, criam o clima. No lugar do herói abrem-se num grande vão, enquanto a toda a volta vão se acercando, de modo que ele se encontra, digamos, numa redoma, embora possa se deslocar infinitamente em todos os sentidos, entenda quem puder, isso não faz parte de minhas atribuições. O mar também, estou a par do mar também, faz parte da mesma série, cheguei a afogar nele várias vezes, sob diversos nomes falsos, não me faça rir, se ao menos pudesse rir, tudo desapareceria, tudo o que, quem sabe, tudo, eu, está anotado. Sim, vejo a cena, vejo a mão, ela sai lentamente da sombra, da sombra de minha cabeça, e então corre de volta, isso não tem nada a ver comigo. Como um bichinho rastejante ela deixa uma pontinha à vista, e então volta, cada coisa que se tem de ouvir, digo como ouço. É a mão do escrivão, será que ele tem direito à peruca, não sei, antigamente talvez. O que é que eu faço quando o silêncio se faz, marcando um efeito de oratória, ou efeito do cansaço, da perplexidade, da consternação, passo e repasso entre meus lábios a falanginha do indicador, mas é a cabeça que está agitada, a mão descansa, é com tais detalhes que se acredita enganar o mundo. Esta noite é assim, amanhã será diferente, talvez compareça diante do concílio, será a justiça do amor supremo, severa como é devido, mas sujeita a estranhas indulgências, vão falar de minha alma, prefiro assim, talvez peçam piedade para minha alma, não devo perder isso, não estarei lá, Deus também não, não faz mal, estaremos representados. Sim, certamente não demora muito, vai fazer uma eternidade que não caio em danação, sim, mas a cada dia sua lida, esta noite seguro a pena de escrever. Esta noite, é sempre noite, fala-se sempre da noite, mesmo quando é manhã, é para que eu acredite que a noite chega, e traz sossego. Primeiro precisaria acreditar que estou aqui, depois engoliria tudo, não haveria ninguém mais crédulo do que eu, se estivesse aqui. Mas estou aqui, não é possível não estar, isso mesmo, não é possível, não precisa ser possível. Grande coisa, estar aqui, se não se pode acreditar nisso. É cansativo, de um só fôlego ganhar e perder, com emoções concomitantes, não se é de ferro, registrar a sentença, pôr o barrete e perder os sentidos, é cansativo, com o tempo, estou cansado, estaria cansado, no meu lugar. É um jogo, torna-se um jogo, vou me levantar, vou embora, se não for eu será alguém, um fantasma, vivam os fantasmas, os dos mortos, os dos vivos, e aqueles daqueles que não nasceram. Vou segui-lo, com os olhos cerrados, ele não precisa de porta, não precisa de pensamentos, para sair, desta cabeça imaginária, se misturar com ar, com a terra, dissolver-se, pouco a pouco, no exílio. Agora estou assombrado, que partam, um a um, que os últimos me abandonem, deixando-me vazio, vazio e silencioso. São eles que murmuram meu nome, que me falam de mim, que falam de um mim, que falem disso a outros, que não vão acreditar, ou vão acreditar neles. São deles todas essas vozes, como um ruído de correntes em minha cabeça, rugindo que tenho uma cabeça. É onde haverá audiência esta noite, no fundo desta noite abobadada, onde sou o escrivão, não compreendendo o que ouço, não sabendo o que escrevo. Será onde amanhã haverá concílio, rezarão por minh'alma, como pela alma de um morto, de uma criança morta, em sua mãe morta, para que não vá para o limbo, linda, a teologia. Será outra noite, tudo se passa à noite, mas será a mesma noite, ela também tem suas noites, suas manhãs e suas noites, bela visão do espírito, é para que eu acredite que o dia chega, dissipa os fantasmas. E eis os pássaros, os primeiros pássaros, que história é essa agora, não esqueça o ponto de interrogação. Deve ser o fim da sessão, foi calma, no todo. Sim, acontece, de repente há pássaros e tudo silencia, por um instante. Mas os fantasmas, esses voltam, ainda que partam, que se misturem aos moribundos, voltam a se enfiar no caixão, do tamanho de uma caixa de fósforos, foi com eles que aprendi tudo o que sei, sobre as coisas lá de cima, e tudo o que supostamente sei de mim, querem me criar, querem me fazer, como a passarinha, o passarinho, com larvas que vai buscar ao longe, arriscando – por um triz não disse arriscando sua vida! Mas a cada dia sua lida, essas são outras minutas. Sim, a gente está começando a ficar muito cansado, muito cansado de sua lida, muito cansado de sua pena, ela cai, está anotado.

VI

Entre essas aparições, o que acontece? E se os meus vigias fossem descansar e dormir, antes de me atacar de novo, se acontecesse isso? Seria natural, que se refizessem. Todos juntos? Será que jogam cartas, um pouco, bocha, para descansar a cabeça, têm direito a recreação? Eu diria, se tivesse voz ativa, que não, nada de recreação, só uma pausa, um lanche, por desencargo, bom para a saúde. Eles gostam do trabalho, eu sinto! Não, quero dizer, o que acontece em mim, não tem nada a ver com eles. Má acústica esta noite, meras ninharias, literalmente. As notícias, se lembra das últimas notícias, as da noite, de última hora, em lentas letras luminosas, acima de Piccadilly Circus, no nevoeiro? Onde é que você ficava, na soleira da pequena tabacaria fechada na esquina de Glasshouse Street, não, você não se lembra, é óbvio. Às vezes é assim, um pouco, às vezes é o olho quem toma a frente, e o silêncio, os suspiros, como os de uma tristeza cansada de gritar, ou subitamente velha, que se vê subitamente velha, e suspira por si mesma, pelos dias felizes, os longos dias em que aos gritos se dizia imperecível, mas, na verdade, é raro. Meus vigias, para que vigias, não tem o menor perigo de eu ir embora, ah, entendo, é para que eu me sinta prisioneiro, inflado de presença, a ponto de fazer ceder os muros, as muralhas, as fronteiras. Outras vezes são enfermeiros, brancos da cabeça aos pés, até mesmo os sapatos são brancos, e então é outra história, mas que dá no mesmo. Outras vezes são espécies de *ghouls*, moles e nus como vermes, rastejam ao redor cacarejando por cadáveres, mas morto faço tão pouco sucesso quanto moribundo. Outras vezes são grandes pencas de ossos que se sacodem, com um barulho de castanholas, é limpo, e alegre como negros. Eu iria com prazer com eles, se fosse para já, por que será que nada nunca é para já. Alguns exemplos. Varia, minha vida é variada, não chegarei a coisa alguma. Bem sei, não há ninguém aqui, nem eu nem ninguém, mas não são coisas que se diga, então não digo nada. Outro lugar já não digo, outro lugar, pode haver outro lugar para este aqui infinito? Sei, usando um pouco a cabeça, eu daria um jeito, na cabeça, como tantos outros, e pior do que isto, o mundo estaria ali de novo, em minha cabeça, e eu no fundo como no começo. Saberia que nada mudou, que basta querer para ir e vir sob o céu instável, sobre a terra movediça, como ao longo dos longos dias de verão curtos demais para todos os jogos, chamavam aquilo de jogos, se eu usasse um pouco a cabeça. Haveria ar de novo ali, o sol, as sombras do céu deslizando sobre a terra e essa formiga, essa formiga, felizmente não uso a cabeça. Deixe isso para lá, deixe para lá, nada leva a lugar nenhum, nada de tudo isso, minha vida é variada, não se pode ter tudo, não chegarei a coisa alguma, mas quando cheguei a alguma coisa? Quando trabalhava, o dia todo, e parte da noite, já ia esquecendo, quando achava que perseverando chegaria, a me encontrar? Olhem só para mim, poeirinha num pequeno ninho, que um sopro levanta, outro faz cair, vindos do perdido lado de fora. Sim, estou aqui para sempre, com aranhas e moscas mortas, dançando ao frêmito de suas asas emaranhadas, e estou muito contente, muito contente, que tenha acabado, o arquejo atrás de mim, através de seu Tempe de lágrimas. Às vezes surge uma borboleta, quentinha das flores, como é fraca, e morre logo, com as asas cruzadas, como se descansasse, ao sol, com as escamas cinzentas. Suprimidas, as palavras podem ser suprimidas, e os loucos pensamentos que elas inventam, a nostalgia dessa lama onde o espírito do Eterno soprou e seu filho escreveu, muito mais tarde, com a ponta de seu estúpido dedo divino, aos pés da adúltera, apague isso, basta dizer nada ter dito, e assim de novo nada dizer. Mas, neste caso, o que será que eles podem ter se tornado, os tecidos que eu era, não os vejo mais, não os sinto mais, flutuando a minha volta, em mim, ora essa, devem ainda andar a esmo em algum lugar, passando-se por mim. Será que acreditei neles um dia, será que um dia acreditei estar ali, melhor procurar por aí, procurar melhor por aí, talvez ainda esteja simplesmente ali, só que com certeza não. Os olhos, sim, se estas lembranças são minhas, devo ter acreditado neles, por um instante, acreditado ter me visto ali, obscuramente, no fundo de suas perspectivas. Posso me ver, com estes daqui, há muito tempo selados, olhando insistentemente com os de então, eu devia ter doze anos, por causa do espelho, redondo, um espelho de barbear, de dois lados, um de aumento, o outro fiel, olhando insistentemente para um só dos outros, dos verdadeiros, dos verdadeiros de então, e me ver ali, me imaginar me ver ali, à espreita no fundo de véus azulados, olhando para mim sem me ver, aos doze anos, por causa do espelho, giratório, por causa de meu pai, se é que era meu pai, no banheiro, de onde se via o mar, e os barcos-faróis à noite, e a luz vermelha do porto, se é que estas lembranças têm a ver comigo, aos doze anos, ou aos quarenta, pois o espelho ficou, meu pai se foi, mas o espelho ficou, no qual ele tanto mudara, minha mãe se penteava ali, com as mãos trêmulas, em outra casa, de onde não se via o mar, de onde se via as montanhas, se é que era minha mãe, que sopro bom de vida sobre a terra. Eu fui, eu fui, dizem isso lá no Purgatório, lá nos Infernos também, admirável plural, admirável segurança. Mergulhado no gelo, até as narinas, com as pálpebras coladas de lágrimas geladas, reviver as batalhas, que tranquilidade, e saber que não há mais surpresas, não, devo ter ouvido mal. Quantas horas mais, antes do próximo silêncio, não são horas, não será o silêncio, quantas horas mais, até o próximo silêncio? Ah, ter certeza, saber que esta coisa não tem fim, esta coisa, esta coisa, esta miscelânea de silêncio e palavras, silêncios que não são silêncios, palavras que são murmúrios. Ou saber que ainda é a vida, uma forma de vida, fadada a findar, como outras puderam findar, como outras poderão findar, antes que a vida finde, em todas as formas. Palavras, palavras, a minha não foi mais que isso, mais que balbúrdia a babel de silêncios e palavras, a vida minha, que disse finda, ou por vir, ou sempre em curso, conforme as palavras, conforme as horas, contanto que isso dure ainda, desse modo estranho. Aparições, vigias, que infantilidade, e *ghouls*, e dizer que eu disse *ghouls*, será que ao menos sei o que isso quer dizer, mas claro que não, e o que acontece, nesse ínterim, como se eu ignorasse, como se houvesse duas coisas, outra coisa que esta coisa, o que é, essa coisa inominável, que nomeio, nomeio, nomeio, sem gastá-la, e chamo isso de palavras. É que não encontrei as certas, as que matam, das agruras desse pasto infecto elas ainda não vieram à tona, torrente de palavras, com que palavras nomeá-las, minhas inomináveis palavras. No entanto tenho muita esperança, juro, de um dia poder contar uma história, mais uma, com homens, espécies de homens, como no tempo em que não desconfiava de nada, ou quase. Mas primeiro precisa fechar a boca e continuar a chorar, com olhos bem abertos, para que o precioso líquido se perca livremente, sem queimar as pálpebras, ou o cristalino, já não sei, o que queima. Olha só, seria este simplesmente o tom, e o teor, dos soluços? Seria bom demais. Além disso, nem uma lágrima, nem uma, seria mais fácil rir. Também não. Sério, ficarei sério, não escutarei mais, fecharei a boca e ficarei sério, está na hora, ela chegou de novo. E uma vez reaberta, será, quem sabe, para contar uma história, no verdadeiro sentido das palavras, da palavra contar, da palavra história, tenho grandes esperanças, uma pequena história, com seres vivos indo e vindo sobre uma terra habitável cheia de mortos, uma história curta, no vaivém do dia e da noite, se chegarem até lá, as palavras que restam, tenho grandes esperanças, juro.

VII

Será que tentei tudo, esmiucei por toda parte, sorrateiramente, escutando com paciência, sem fazer barulho? Estou falando sério, como de costume, queria ter certeza de que fiz tudo, antes de me ausentar e desistir. Por toda parte, quero dizer, nos lugares onde tinha possibilidade de estar, onde antigamente costumava ficar, esperando a hora de me aventurar, lugares conhecidos, era só isso que eu queria dizer, ao dizer por toda parte. Antigamente, quero dizer, quando ainda me mexia, quando sentia que me mexia, pouco, a duras penas, mas no todo mudando incontestavelmente de lugar, as árvores eram testemunhas, a areia, o ar dos ápices, as calçadas das cidades. Este tom promete, é mais parecido com o tom de outros tempos, dos dias e das noites em que eu estava calmo, apesar de tudo, em que vagava de um lado para o outro pelo inútil caminho, sabendo que era curto, e suave, visto de Sirius, com uma calma mortal, no âmago de meus frenesis. Minha pergunta, eu tinha uma pergunta, ah, sim, se tentei tudo, ainda a vejo, mas ela passa, mais leve do que o ar, como uma nuvem, numa noite de luar, diante da claraboia, diante da lua, como a lua, diante da claraboia. Não, à sua maneira, conheço-a bem, à maneira de uma sombra que se segue com os olhos à noitinha, pensando noutra coisa, com a mente noutro lugar, sim, é isso, com a mente noutro lugar, e os olhos também, na verdade com os olhos noutro lugar também. Ah, já que tem de dizer tudo da boca para fora, como num salão, não, tenho um único desejo, se é que o tenho ainda. Mas outra coisa, antes das que interessam, só tenho tempo para isso, se não perder tempo, só tenho tempo para isso no vão de todo esse tempo. Outra coisa, chamo isso de outra coisa, essa velha coisa, que me mato de tanto silenciar, vendo fugir os instantes, com deleite, chamo isso de deleite, falo de deleite, em vez de aproveitar a oportunidade, que tão cedo não volta, se não me falha a memória, mas que voltará, é o que me consola, com sua efervescência de instantes. Aliás, não sou eu, não estou falando de mim, já disse milhares de vezes, inútil dizer que estou confuso, confuso por falar de mim, quando há X, paradigma do gênero humano, que anda à vontade por aí, com alegrias e dores, talvez com mulher e filhos, antepassados com certeza, uma carcaça à imagem de Deus e um crânio contemporâneo, mas sobretudo dotado de movimento, é o que mais me impressiona, tão fácil de retratar e de alma tão instrutiva, que realmente, falar de si, quando há X, não, felizmente não falo de mim, já chega, maldito papagaio, vou matá-lo. E se durante todo esse tempo, desde todo esse tempo, eu tivesse ficado na sala de espera da terceira classe da estação do Sudeste, eu nunca me atrevia a mudar de classe enquanto esperava a partida, se é que esperava ainda a partida, para o sudeste, ou melhor, para o sul, a leste ficava o mar, ao longo dos trilhos, perguntando-me onde, mas onde descer, ou com a mente longe, noutro lugar. A última partida era às vinte e três horas e trinta minutos, depois fechavam a estação, à noite. Quantas lembranças, é para que eu pense que estou morto, já disse milhares de vezes. Mas as mesmas voltam, como raios de uma roda que gira, sempre as mesmas, e todas parecidas, como raios. E no entanto me pergunto, sempre que chega a hora de me perguntar isso, se a roda em minha cabeça gira, eu me pergunto, já que penso com meu sangue, e se ela não faz mais que ir de um lado para o outro, como o pêndulo em sua caixa, e ainda assim mal, visto a imensidade a ser medida e que só se dá corda em cabeças uma vez, já que penso com minha respiração. Mas que droga, já estou de novo longe do terminal, com seu bonito peristilo neoclássico, e daquele monte de carne, casco, ossos e cerdas que espera a partida, sem saber para onde, a não ser que será para o sul, cochilando talvez, com o bilhete na mão, para salvar as aparências, ou caído a seus pés, no torpor do sono, sonhando talvez que está no céu, que desceu no céu, ou melhor, o amanhecer, que espera o amanhecer e a alegria de poder dizer, Tenho o dia todo pela frente, para me enganar, para ir à forra, para me acalmar, para desistir, não tenho nada a temer, meu bilhete é válido para toda a vida. Será que foi ali que parei, será que ainda sou eu quem está ali, sentado reto e rijo na beirada do banco, com as mãos nas coxas, conhecendo os perigos do desleixo, com o bilhete entre o polegar e o indicador, naquela sala iluminada apenas, com a luz sombria do cais, pela porta automática parcamente envidraçada, trancado, no escuro, é ali, sou eu. Nesse caso a noite é longa e singularmente silenciosa, para quem acredita lembrar-se dos rumores da cidade, confusamente, não passa de um único rumor, da impossível lembrança de um único rumor confuso, que durava a noite toda, aumentando, morrendo, mas jamais um único instante quebrado por um silêncio comparável a este silêncio ensurdecedor. De onde se deveria deduzir, mas não se deduz, que a sala de espera da terceira classe da estação do Sudeste deve ser riscada da lista de lugares a serem visitados, ver lá trás, séculos atrás, que essa pedra de mármore já não sou eu e é preciso procurar noutro lugar, a não ser que desista, é essa a minha opinião. Mas calma, nem todas as cidades são eternas, talvez ela esteja morta, a deste dever, e a estação abandonada, onde espero, com o peito ereto, rijo, com as mãos nas coxas, a ponta do bilhete entre o polegar e o indicador, um trem que jamais chegará, jamais voltará a partir, rumo à natureza, ou que chegue o dia, atrás da porta fechada, através do vidro escurecido por uma poeira de ruína. Por isso não deve se apressar em concluir, o risco de errar é grande demais. E me procurar noutro lugar, lá onde a vida persiste, e eu ali, de onde toda vida se retirou, salvo a minha, se é que estou vivo, não, seria perda de tempo. E pessoalmente já não tenho tempo a perder, ouço dizer, e que será só isso, por ora, pois anoitece e já é tempo de começar.

VIII

Só as palavras rompem o silêncio, todo o resto se calou. Se me calasse não ouviria mais nada. Mas se me calasse os outros ruídos recomeçariam, aqueles para os quais as palavras me tornaram surdo, ou que realmente cessaram. Mas eu me calo, acontece, não, nunca, nem por um segundo. Também choro, sem parar. É um fluxo ininterrupto de palavras e lágrimas. Tudo sem refletir. Falo mais baixo, porém, a cada ano um pouco mais baixo. Talvez. Mais devagar também, a cada ano um pouco mais devagar. Talvez. Não me dou conta. As pausas seriam, portanto, mais longas, entre as palavras, as frases, as sílabas, as lágrimas, confundo-as, palavras e lágrimas, minhas palavras são minhas lágrimas, meus olhos minha boca. E eu deveria ouvir, a cada pequena pausa, se há silêncio, como digo, ao dizer que apenas as palavras o rompem. Nada disso, não, é sempre o mesmo murmúrio, fluindo, sem falha, como uma única palavra sem fim e, logo sem sentido, pois é o fim que dá sentido às palavras. Então com que direito, não, desta vez vejo o que estou tramando, e paro, dizendo, Com nenhum, com nenhum. Mas continuando, com o velho e tolo treno, faço, e até que responda, uma nova pergunta, a mais antiga, a de saber se sempre foi assim. Pois bem, vou dizer a mim mesmo uma coisa (se conseguir), carregada, assim espero, de promessas para o futuro, ou seja, que começo a não mais saber como eram as coisas antes (consegui), e por antes quero dizer noutro lugar, o tempo passou a ser espaço e não haverá mais tempo, enquanto eu não estiver fora daqui. Sim, o meu passado me pôs para fora, suas grades se abriram, ou fui eu quem escapuliu, talvez escavando.

Para vagar uns instantes livre num sonho de dias e noites, imaginando que estou indo, de estação do ano em estação do ano, rumo à última, como alguém vivo, antes de estar, de repente, aqui, sem memória. Desde então, nada a não ser imaginações e a esperança de ter uma história, de ter vindo de algum lugar e poder voltar para lá, ou continuar, um dia, ou sem esperança. Sem esperança de quê, acabei de dizer, de me ver vivo, e não apenas numa cabeça imaginária, um seixo destinado à areia, sob um céu que muda, e mudando ligeiramente de lugar, todos os dias, todas as noites, como se ficar menor pudesse ajudar, cada vez menor, sem nunca chegar a desaparecer. Não, realmente, qualquer coisa, estou dizendo qualquer coisa, na esperança de gastar uma voz, de gastar uma cabeça, ou sem esperança, sem razão, qualquer coisa, sem razão. Mas isso vai acabar, surgirá uma desinência, ou faltará fôlego, melhor ainda, haverá silêncio, saberei se há silêncio, não, nunca saberei nada. Mas sair daqui, ao menos isso. Não sei. E que o tempo recomece, o céu, os passos na terra, a noite que o tolo chama pela manhã e o amanhecer que à noite ele suplica para não mais despontar. Não sei, não sei o que tudo isso significa, o dia e a noite, a terra e o céu, os apelos e as súplicas. E posso desejá-los? Mas quem está dizendo que eu os desejo, a voz, e está dizendo que é impossível que não deseje nada, parece uma contradição, não sei ao certo. Eu, aqui, se pudessem se abrir, estas palavrinhas, me engolir e tornar a se fechar, talvez tenha sido o que aconteceu. Que se abram de novo então e me deixem sair, para o tumulto de luz que me cerrou os olhos, e de homens, para que eu tente ser um de novo. Ou que me concedam a graça, se eu for culpado, e me deixem expiar, no tempo, indo e vindo, cada dia um pouco mais puro, um pouco mais morto. O meu erro é querer pensar, um dos erros, nem mesmo desse jeito, tal como sou, não deveria poder, nem mesmo desse jeito. Mas então quem é que eu pude ofender tão gravemente, para ser punido dessa forma incompreensível, tudo é incompreensível, espaço e consciência, falso e incompreensível, sofrimento e lágrimas, e até mesmo o velho grito paroxísmico, Não sou eu, não pode ser eu. Mas será que sofro, que seja eu ou não, francamente, será que há sofrimento? Mas aqui não há franqueza, diga o que eu disser será falso, e para começo de conversa não será dito por mim, aqui sou apenas um mero boneco de ventríloquo, não sinto nada, não digo nada, ele me segura no colo e faz meus lábios se mexerem com um fio, com um anzol, não, não é preciso ter lábios, está tudo escuro, não há ninguém, onde será que estou com a cabeça, devo tê-la deixado na Irlanda, num bar, deve estar lá ainda, com a cabeça no balcão, era o que ela merecia. Mas o outro que é eu, cego, surdo e mudo, por causa de quem estou aqui, por causa deste silêncio negro, por causa de quem não posso mais me mexer nem acreditar ser minha esta voz, é dele que tenho de me fantasiar até morrer, por ele daqui até lá tentar não mais viver, nesta pseudossepultura pretensamente sua. Quando sei que estou rebentando de mortalidade lá em cima, em algum lugar na Europa provavelmente, sob o céu que aspira e comprime, a cada dia um pouco mais sem viço, como ontem na bomba do útero. Não, tê-lo dito me convence do contrário, nunca vi o dia, não mais do que ele, eis a beleza negativa da palavra, cujas negações infelizmente sofrem a mesma sina, eis a sua feiura. Escolher bem o momento e se calar, seria o único meio de se ter ser e habitat? Mas estou aqui, ao menos isto é certo, por mais que o diga e repita, continua sendo verdade. Não me dou conta. Menos verdadeiro, menos certo, do que quando digo que estou na terra, que vim ao mundo e tenho certeza de deixá-lo, por isso digo, pacientemente, variando, tentando variar, pois nunca se sabe, talvez se trate apenas de cair no agregado certo. Para não mais estar aqui enfim, nunca ter estado aqui, mas esse tempo todo lá em cima, com um nome como um cachorro para que possam chamar por mim e sinais distintivos para que possam me achar, com o peito se enchendo e contraindo sozinho, ofegando até a grande apneia. O agregado certo, mas há quatro milhões de agregados possíveis, e até mesmo prováveis, segundo Aristóteles, que sabia tudo. Mas o que estou vendo, e com o quê, uma bengala branca e uma corneta acústica, onde, na Place de la République, na hora do Pernod, vejamos um pouco isso, talvez eu esteja lá enfim. A corneta, vagando à altura da orelha, parece de repente uma sirene a vapor, como a que permite meus navios arrojarem-se nevoeiro adentro, devagar, isso deveria indicar a época, com uma margem de mais ou menos meio século. A bengala avança batendo com a ponta de ferro no nobre alicerce dos Magasins Réunis, deve ser inverno, verão é que não é. Avisto também, com um pequeno esforço, um chapéu-coco que, ai de mim, parecia a síntese derrisória de todos os que nunca me caíram bem e, no outro extremo, igualmente suspeitas, botas amarelas, rasgadas e esgarçadas. Tais insígnias, se ouso dizer, seguem juntas, como se ligadas pelo tradicional excipiente humano, imobilizam-se, voltam a andar, confirmadas pelas amplas vitrinas. O nível do chapéu, e por conseguinte o da corneta, me dá esperança de ser um dia anão ou ao menos corcunda. É tudo muito livre, muito tentador. Será que vou incluí-las aí, minhas enfermidades de sonho, tentar fazer com que se aproveitem disso mais uma vez, para que ganhem carne e andem, agravando-se, em torno dessa praça grandiosa que confundo talvez com a da Bastille, até serem consideradas dignas do adjacente Père-Lachaise ou, melhor, prematuramente aliviadas tentando atravessar, na hora do Ângelus. Não, a resposta é não, pois enquanto dou voltas, e até mesmo no instante mais patético de todos de estender a mão, ou o chapéu, sem canto prévio, nem qualquer outra concessão ao amor próprio, no terraço de um bar, ou numa boca de metrô, eu saberia que não sou eu, saberia que estou aqui, mendigando em outro silêncio, outra escuridão, outra esmola, a de ser ou de deixar de ser, melhor ainda, sem ter sido. E a mão velha em vão largaria o óbolo e os velhos pés voltariam a andar, rumo a uma morte ainda mais vã que a de qualquer um.

IX

Se eu dissesse, Ali há uma saída, em algum lugar há uma saída, o resto viria. O que estou esperando então, para dizer, para acreditar? E o que significa, o resto? Será que vou responder, tentar responder, ou continuar, como se nada tivesse perguntado? Não sei, não posso saber nada de antemão, nem depois, nem durante, o futuro dirá, num instante próximo, ou longínquo, não ouvirei, não compreenderei, já que tudo morre, tão logo nasce. E os sins e os nãos nada significam, nesta boca, são como suspiros pontuando uma dor, ou respostas, a uma pergunta incompreendida, a uma pergunta muda, nos olhos de um mudo, de um retardado, que não compreende, nada compreendeu, que se olha em num espelho, olha à sua frente, no deserto, com os olhos arregalados, suspirando sim, suspirando não, de quando em quando. Mas se raciocina, acontece, quer dizer, as mesmas coisas voltam, levadas rechaçadas umas pelas outras, não é preciso saber que coisas. É mecânico, como os grandes frios, os grandes calores, os longos dias, as longas noites, de lua, minha convicção é essa, pois tenho convicções, quando chega a vez delas, depois deixo de ter, é assim, é preciso acreditar, ou seja, é preciso dizer, já que acabo de dizer. A saída, esta noite é a vez da saída, não é que parece um dueto, ou um trio, sim, em certos momentos parece, e então passa e já não parece, nunca pareceu, nada parece, com nada se parece, não interessa saber o que é. Que variedade e ao mesmo tempo que monotonia, como é variado e ao mesmo tempo como é, como dizer, como é monótono. Que agitação e ao mesmo tempo como é calmo, quantas vicissitudes no cerne do que é imutável. Instantes de hesitação, mais raros do que frequentes, se fosse preciso escolher, e logo superados, em prol do verdadeiro propósito, do qual a princípio tudo depende, e depois muito, depois pouco, depois nada. É isso, mixórdia, ponha-se a minha volta, avalanche, que não se fale mais de ninguém, nem de um mundo a ser abandonado, nem de um mundo a ser alcançado, para que terminem, mundos, pessoas, palavras, miséria, miséria. E mal acabou de ser dito, Ah, digo cá comigo, era de esperar, se ao menos pudesse dizer, Ali há uma saída, tudo estaria dito, seria o primeiro passo, da longa viagem factível, destino túmulo, a ser feita em silêncio, irrevogável passo a passo, primeiro nos longos corredores, depois ao ar livre e mortal, por dias e noites, cada vez mais depressa, não, cada vez mais devagar, por motivos óbvios, e ao mesmo tempo cada vez mais depressa, por outros motivos óbvios, ou pelos mesmos, óbvios de outra maneira, ou da mesma, mas em outro momento, um momento mais cedo, um momento mais tarde, ou no mesmo momento, isso não existe, não existiria, vou resumir, impossível. Será que eu saberia de onde tinha vindo, não, teria uma mãe, teria tido uma mãe, e de onde tinha saído, e com que dor, não, eu teria esquecido, esquecido tudo, o que é que me leva a dizer aquilo, o que é que me leva a dizer isto, o que é que me leva a dizer tudo, e sem ter certeza, sem tanta certeza de com certeza da mãe, certeza do túmulo, se houvesse uma saída, se eu dissesse que havia uma saída, façam-me dizer, demônios, não, não pedirei nada. Sim, teria uma mãe, teria um túmulo, não teria saído daqui, não se sai daqui, aqui está meu túmulo, e minha mãe, esta noite está tudo aqui, estou morto e nascendo, sem ter acabado, sem poder começar, é esta é a minha vida. Como isso é sensato, e do que estou me queixando então, de não andar mais de um lado para o outro, diante do cemitério, dizendo comigo, Contanto que essa comédia dure, o tempo de eu poder acabar, será que é essa a minha queixa, é possível. Eu tinha motivo para estar inquieto, me perguntando com o quê, e procurava, indo e vindo, o que podia ser ao certo, e encontrava, dizendo cá comigo, Não sou eu, ainda não comecei, ainda não me viram, e dizendo comigo, Sim, sim, sou eu, e já não sendo, além do mais, e apertando o passo, para chegar antes do próximo ataque, como se caminhasse sobre o tempo, e dizendo comigo, e assim por diante. Eu não devia passar despercebido, todo esse tempo, mas ninguém diria, que eu não passava despercebido. Não estou falando do bom-dia, teria sido o primeiro a ficar confuso com isso, quase tanto quanto com um aceno de cabeça, ou de mão. Mas os outros sinais, irreprimíveis, tremores e trejeitos, pelos quais sem querer as pessoas denunciam a gente, também não, parece-me, a não ser talvez por parte dos cavalos, contudo bem adestrados, e com viseiras, que puxavam o rabecão, e olhe lá, sem dúvida estava me gabando demais. Na verdade não encontro um só rosto, prova de que não estava ali, não, não prova nada. Mas o fato de não ter sido molestado, será possível que fiquei insensível a isso? Ai de mim, acho que poderiam ter-me submetido às mais lisonjeiras violências, não direi sem que eu tenha me dado conta, mas direi sem que isso me tenha ajudado a me sentir ali, mais do que noutro lugar. E talvez tenha passado a metade da vida nas prisões de seu Estado, expiando os crimes da outra metade, sem que a minha problemática facção, em liberdade, diante das portas do cemitério, parecesse abrandar-se com um único instante de trégua. E se, fartos de me ver reerguer, de me ver regressar, após cada ausência forçada, às portas do cemitério, eles tivessem se permitido bater com mais força, só o bastante para provocar a morte, sem machucar demais o cadáver, ali, às portas do cemitério, onde eu tinha aparecido, naquela mesma manhã, mal fora solto, paga a minha dívida com a sociedade, e recomeçado meu velho delito, de um lado para o outro, com passos ora lentos, ora apressados, como os do conspirador Catilina tramando a ruína da pátria, dizendo comigo, Não sou eu, sim, sou eu, dizendo comigo, Ali há uma saída, não, não, estou confundindo, devo estar confundindo, o aqui e o ali, o agora e o então, justamente como os confundia então, o aqui de então, o então de ali, com outro espaço, outro tempo, mal distintos, porém não mais que agora, agora que estou aqui, se é que estou aqui, e não mais ali, indo e vindo, diante do cemitério, perplexo. Ou será que simplesmente me sentei, finalmente, encostado ao muro, com a longa noite à minha frente, noite em que os mortos esperam, em seus leitos de morte, sepultados, de costas, ou no caixão, que o sol nasça. Mas o que será que estou fazendo, tentando me situar, para poder, em último caso, ir para outro lugar, ou dizer para mim, Só tenho que esperar, que venham me pegar, é a impressão que tenho, de vez em quando. E então ela passa e vejo que não, não é isso, é outra coisa, difícil de entender, e que não entendo, ou entendo, depende, e dá no mesmo, pois também não é isso, mas ainda outra coisa, ou a primeira que volta, ou é sempre a mesma, a mesma coisa que se oferece, à minha perplexidade, e desaparece, antes de voltar a se oferecer, à minha insaciável perplexidade, ou momentaneamente morta, de fome. O cemitério, sim, é para lá que voltaria, esta noite é para lá, levado por minhas palavras, se pudesse sair daqui, quer dizer, se pudesse dizer, Ali há uma saída, saber onde ao certo seria uma mera questão de tempo, e de paciência, e de ordem nas ideias, e de felicidade de expressão. Mas e o corpo, para ir até lá, onde está o corpo? É secundário, secundário. E estou tranquilo, iria para lá, para a saída, mais cedo ou mais tarde, se dissesse que ela estava lá, num lugar qualquer, as outras palavras viriam, mais cedo ou mais tarde, e a força para ir até lá, e ir para lá, e passar para o lado de lá, e ver os encantos do céu, e voltar a ver as estrelas.

X

Desistir, mas já se desistiu de tudo, não é recente, não sou recente. Houve então uma vez alguma coisa. Vamos acreditar que sim, mas saber que não, nunca nada, a não ser desistência. Por ter dito desistir fala-se em desistência, sem pensar. Mas digamos que não, quer dizer, digamos que sim, que houve uma vez alguma coisa, numa cabeça, num coração, entre as mãos, antes que tudo se abrisse, se esvaziasse, de novo se fechasse, paralisasse. Estamos tranquilos, depois de termos tido medo, e prontos para continuar, mais uma vez. Mas não há silêncio. Não, há fala, em algum lugar se fala. Por falar, certo, mas será que basta, para fazer algum sentido? Já sei o que é, a cabeça ficou para trás, o resto se adiantou, a cabeça e seu ânus a boca, ou então continua sozinha, sozinha por suas velhas veredas, cagando sua velha merda e a engolindo de novo, lambendo os beiços, como no tempo em que ela se achava a tal. Só que já não é de coração, nem o apetite é o mesmo. E aí está, aí está de novo, sem artimanha, em minha conta esse velho passado, nunca o mesmo, mas para sempre acabado, para sempre acabando, com tudo o que ele comporta, de promessas para amanhã, e de consolo imediato. E estou novamente em boas mãos, elas seguram minha cabeça, por trás, detalhe curioso, como no barbeiro, e com os indicadores fecham meus olhos, com os médios as minhas narinas, e com os polegares meus ouvidos, só que mal, para que eu ouça, só que mal, e com os quatro restantes bolem com meu queixo e língua, para que eu sufoque, só que mal, e diga, para o meu bem, o que devo dizer, para o meu bem futuro, velha ladainha, e especialmente nesse momento que não passa de um mau momento que se tem de passar, um momento de trégua, que sem elas poderia ser fatal, e que um dia saberei de novo que fui, e mais ou menos quem, e como continuar, e falar sozinho, delicadamente, sobre o papai aqui e seus pálidos semelhantes. E talvez, pois ainda não devo ser muito afirmativo, não seria do meu interesse, outros dedos, talvez mais outros dedos, outros tentáculos, é isso, outras boas ventosas, mas não nos interrompamos por tão pouco, anotem minhas declarações, para que no termo do interminável delírio, se um dia ele recomeçar, eu não seja censurado por ter desfalecido. Isso vai mal, mal, mas vá lá, já é alguma coisa. E ao lado, talvez ao lado e a toda a volta, estejam remoçando outras almas, definhadas, almas enfermas, por terem servido demais, ou por não terem podido servir, mas ainda aptas para o serviço, ou boas para se jogar fora, da minha pálidos semelhantes. Ou será o lugar e a hora de nos enterrarmos num corpo enfim, como se enterra o corpo na terra, na hora de sua morte enfim, e lá mesmo onde morrem, para não aumentar as despesas, ou de uma nova afetação, de almas de crianças mortas, ou mortas antes do corpo, ou de almas que permaneceram jovens, em meio aos escombros, ou que não chegaram a viver, por não terem sabido viver, ou por algum outro motivo, ou de almas imortais, devem existir também, enganando-se sempre de corpo, mas que o corpo certo espera, em meio a hordas por nascer, o corpo certo sepulcral, pois os vivos já estão todos servidos. Não, nada de almas, nada de corpos, nem de nascimento, nem de vida, nem de morte, é preciso continuar sem tudo isso, tudo isso morreu com palavras, com excesso de palavras, elas não sabem dizer outra coisa, dizem que não há outra coisa, que isso aqui não é outra coisa, porém já não dirão mais isso, não dirão sempre isso, encontrarão outra coisa, pouco importa o quê, e eu poderei continuar, não, poderei parar, ou poderei começar, uma mentira quentinha, que durará o meu tempo, que me dará um tempo, me dará um lugar, e uma voz e um silêncio, uma voz de silêncio, a voz de meu silêncio. É com essas perspectivas que pedem que você tenha paciência, embora se esteja sendo paciente, e calmo, de algum modo você está calmo, que calma aqui, olha só, vou dizer como está calmo aqui, e como me sinto bem, e quão silencioso estou, vou começar, a calma e o silêncio, que nunca rompeu nada, nada romperá, que dizendo não romperei, nem dizendo que devo dizer, direi tudo isso amanhã à tarde, sim, amanhã à noite, enfim, outra noite, não esta noite, esta noite já é tarde demais, para fazer bem feito, vou dormir, para poder dizer a mim mesmo, me ouvir dizer, um pouco mais tarde, Dormi, ele dormiu, mas não terá dormido, ou então está dormindo, nada terá feito, nada além de continuar, a fazer o quê, a fazer o que faz, sem parar, ou seja, não sei, a desistir, terei continuado, a desistir, sem ter tido nada, sem estar ali.

XI

Quando penso, não, assim não vai dar, quando chegam os que me conheceram, e talvez ainda me conheçam, de vista, é claro, ou pelo cheiro, quando penso nisso é como, como se, o quê, não sei, já não sei, não devia ter começado. Se eu recomeçasse, prestando atenção, às vezes dá bom resultado, vale tentar, vou tentar, um dia desses, uma noite dessas ou esta noite, antes de desaparecer, lá de cima, aqui de baixo, varrido pelas palavras de sempre. Ah, mas não mesmo, não mesmo, já não pensava nisso, já não estava ali, não mesmo. E ainda estou a caminho, pelo sim e pelo não, rumo a um ainda por nomear, para que ele me deixe em paz, fique em paz, não seja mais, nunca tenha sido. Nomear, não, nada é nominável, dizer, não, nada é dizível, o que então, não sei, não devia ter começado. Acrescentá-lo ao repertório, é isso, e executá-lo, como executo a mim mesmo, de pedaço morto em pedaço morto, noitinha após noitinha, e noite após noite, e ao longo dos dias, mas é sempre noitinha, por que será que é sempre noitinha, vou dizer por quê, para ter dito, para ter isso atrás de mim, por um instante. É o tempo que não aguenta mais na hora da serenata, a não ser que esteja amanhecendo, nao, não estou do lado de fora, estou debaixo da terra, ou no meu corpo nalgum lugar, ou noutro corpo, e o tempo continua a devorar, mas não a mim, é isso, por isso é sempre noitinha, para que eu tenha o melhor à minha frente, a longa noite escura em que dormir, é isso, respondi, respondi a alguma coisa. Ou é na cabeça, como um marcador de minutos, de segundos, ou é como uma nesga de mar, sob o farol que passa, de mar que passa, sob o farol que passa. Reles palavras para que eu acredite estar aqui, e que tenho uma cabeça, e uma voz, uma cabeça que acredita nisto, acredita naquilo, já não acredita, nem em si mesma nem noutra coisa, mas uma cabeça, e uma voz que é dela, ou de outras, de outras cabeças, como se houvesse duas cabeças, como se houvesse uma cabeça, ou inane, uma voz inane, porém uma voz. Mas não me iludo, neste momento não estou aqui, e mais, não estou noutro lugar, nem como cabeça, nem como voz, nem como testículo, que pena, pena que não esteja em lugar nenhum como testículo, ou cona, por ali, em todo caso, um pentelho feminino, ele vê coisas incríveis, e de cima, enfim, é assim. E deixo-as dizer, minhas palavras, que não são ditas por mim, esta palavra mim, esta palavra que eles dizem, mas dizem em vão. Está indo, está indo, e quando chegarem os que me conheceram, depressa, depressa, é como se, não, prematuro. Mas eu chego lá, olá, aqui estou eu de novo, pelo bem da causa, como a raiz quadrada de menos um, tendo feito minhas humanidades, vejamos um pouco isso, essa cabeça lívida, lambuzada de tinta e geleia, *caput mortuum* de uma juventude estudiosa, orelhas de abano, olhos revirados, cabelo ralo, boca espumando, e mascando, o que será que ela masca, uma baba, uma prece, uma lição, um pouco de cada, uma prece aprendida para qualquer emergência, antes do fim da alma, e que aflora, atravessada, na velha boca privada de palavras, na velha cabeça que já não escuta, aí estou eu, velho, não demora muito, velho babão, tendo feito suas humanidades, no mictório de dois lugares, na Rue Guynemer, onde a água escoa com o mesmo ruído de sessenta anos atrás, meu preferido por causa do barulhinho, parecia mamãe ciciando, com a testa apoiada na divisória no meio das pichações, forçando a próstata, arrotando ave-marias, com a braguilha abotoada, não estou inventando nada, por distração, ou exaustão, ou indiferente, ou de propósito, para gozar melhor, sei bem do que estou falando, ou maneta, é melhor, sem mãos, sem braços, é muito melhor, velho como o mundo, danado como o mundo, amputado de todos os lados, de pé sobre meus fiéis cotocos, estourando de mijo velho, de velhas preces, de velhas lições, ombro a ombro carcaça, alma e crânio, sem falar dos escarros, não falemos deles, dos soluços transformados em muco, vindos do coração, só para falar do coração, agora tenho um coração, agora estou completo, menos algumas extremidades, que fizeram suas humanidades, e já no fim de carreira, e nem assim orgulhoso, não reivindicando nada, tomado por ejaculações, Jesus, Jesus. Noites, noites, e que noites, feitas de quê, e quando foi isso, não sei, de sombra amiga, céus amigos, de um tempo farto, de um tempo de trégua, antes da ceia da meia-noite, não sei, não mais que então, quando dizia cá comigo, aqui de dentro, ou lá de fora, da noite que chegava ou de debaixo da terra, de longe em todo o caso, Onde estou, para falar só do lugar, e como sou feito, e desde quando, só para falar do tempo, e até quando, e quem é esse imbecil que não sabe para onde ir, não pode parar, que se tomava por mim e por quem eu me tomava, tolices, a velha ladainha. Noites de então, mas de que é feita esta noite, que não acaba, em que estou só no escuro, é onde estou, onde estava então, onde sempre estive, de onde eu falava comigo, de onde falava com ele, e para onde será que ele foi, ele que eu via, provavelmente continua na rua, é possível, sem saber para onde ir, sem poder parar, sem voz que falasse com ele, já não falo com ele, já não falo comigo, já não tenho ninguém com quem falar, e falo, uma voz fala e só pode ser a minha, já que não há ninguém a não ser eu. Sim, eu o perdi e ele me perdeu, perdeu de vista, perdeu de ouvido, era o que eu queria, será possível, que eu tenha querido aquilo, tenha querido isso, e ele, o que será que ele queria, queria parar, talvez tenha parado, eu parei, mas nunca me mexi, talvez ele tenha morrido, eu morri, mas nunca vivi. Mas ele, ele andava de um lado para o outro, prova de animação, nas noitinhas de então, que também não paravam, noitinhas com um fim, noitinhas com uma noite, sem-dizer uma palavra, sem poder dizer uma palavra, sem saber para onde ir, sem poder parar, ouvindo meus gritos, ouvindo uma voz gritar que aquilo não era uma vida, como se ele não soubesse, como se fosse a sua, que era uma, é essa a diferença, bons tempos, eu não sabia onde estava, nem como fora feito, nem desde quando, nem até quando, enquanto agora, a diferença é essa, agora eu sei, não é verdade, mas eu digo, a diferença é essa, estou dizendo, vou dizer, vou acabar dizendo, e então terminar, poderei terminar, já não serei, já não valerá a pena, já não será necessário, já não será possível, mas não vale a pena, não é necessário, não é possível, é assim que raciocina. Não, é preciso encontrar outra coisa, um motivo melhor, para que isso pare, outra palavra, uma ideia melhor, a ser colocada na negativa, um novo não, que anule todos os outros, todos os velhos nãos que me enterraram aqui, no fundo deste lugar que não é lugar nenhum, que não passa de um tempo para a hora eterna, que se chama aqui, e deste ser que se chama eu e não é ser nenhum, e desta voz impossível, todos os velhos nãos suspensos no escuro e oscilando como uma escada de fumaça, sim, um novo não, que só se diz uma vez, que abre seu alçapão e me engole, sombra e balbucio, numa ausência menos vã do que a inexistência. Oh, sei que não vai acontecer assim, que nada vai acontecer, que nada aconteceu e que ainda estou, e particularmente desde que já não posso acreditar nisso, o que se chama em vida em carne nalgum lugar lá em cima em sua gonorreica luz, amaldiçoando-me. E é por isso, quando chega a hora dos que me conheceram, desta vez vai dar, quando chega a hora dos que me conhecem, é como se eu estivesse entre eles, é isso o que eu tinha a dizer, entre eles vendo-me chegar, depois me seguindo com os olhos, sacudindo a cabeça e dizendo cá comigo, Será que é ele mesmo, será que é possível, antes de retomar com eles um caminho que não é o meu e que me afasta a cada passo daquele outro que também não pode ser o meu, ou de ficar sozinho onde estou, entre dois sonhos que se afastam, sem conhecer ninguém, de ninguém conhecido, é isso no fundo o que eu tinha a dizer, tudo o que devia ter a dizer, esta noite.

XII

É noite de inverno, lá onde fui, serei, relembrado, imaginado, pouco importa, acreditando em mim, acreditando ser eu, não, não vale a pena, já que existem os outros, onde, no mundo dos outros, dos longos percursos mortais, sob o céu, com uma voz, não, não vale a pena, e podendo me mexer, de vez em quando, também não, já que os outros passam, os verdadeiros, mas na terra, certamente na terra, o tempo que for preciso para uma nova morte, para um novo despertar, esperando que algo mude aqui, que alguma coisa mude, que faça nascer mais profundamente, morrer mais profundamente, ou então ressuscitar, dentro e fora desse murmúrio de memória e sonho. Noite de inverno, sem lua nem estrelas, mas clara, ele vê o seu corpo, toda a parte da frente, uma parte da frente, o que será que a ilumina, esta impossível noite, este impossível corpo, nele está minha lembrança, da verdadeira noite, está meu sonho, da noite sem amanhã, e amanhã, como será que ele fará amanhã, para suportar o amanhã, o amanhecer, o dia, fará como ontem, como fez ontem, para suportar ontem. É verdade, não sou eu, ainda não, não mais, é um veterano, dos dias e das noites, mas ele esquece, pensa em mim, pensa demais em mim, e o amanhecer ainda está longe, talvez ainda tenha tempo de não mais despontar enfim. É o que ele diz, com sua voz que está prestes a deixá-lo, talvez esta noite, e ele diz, Como está claro, como será que farei amanhã, como será que fiz ontem, ora, é o fim, amanhã está longe, e quem me fala assim, e quem me nega assim, como se eu tivesse tomado seu lugar, usurpado sua vida, vergonha antiga que me impediu de viver, vergonha que em vida me impediu de viver, e assim por diante, resmungando, as velhas asneiras, com o queixo enfiado no peito, os braços balançando, os joelhos dobrados, noite afora. Será que conseguirão me levar para dentro dele, memória e sonho de mim, para dentro dele ainda vivo, será que já não estou ali, desde sempre, como uma mancha de remorso, e será que seria esta, minha noite e minha contumácia, no íntimo desse moribundo, e sua morte minha última chance, de ter vivido, e quem divaga assim, ora, há vozes por todo lado, ouvidos por todo lado, um que fala dizendo, enquanto fala, Quem está falando? E de quê, e um que ouve, mudo, sem compreender, longe de todos, e corpos por todo lado, curvados, parados, em que devo ter as mesmas chances, as poucas chances, que neste primeiro a chegar. E ninguém vai esperar, nem ele nem os outros, ninguém nunca esperou, para morrer, que eu vivesse nele, para poder morrer com ele, mas já, já todos morrem, dizendo-se, Vamos morrer logo, sem ele, como na vida, enquanto é tempo, antes de não termos vivido. E esse outro, naturalmente, o que dizer desse outro que divaga assim, apelando a eus a serem providos e a eles desprovidos, esse outro sem número nem pessoa, com que assombramos o ser abandonado, nada. Que belo trio, e dizer que é só um, e esse um não faz nada, e que nada, não vale nada. Então, presume-se que eu diga, chegou a hora, é isso a terra, essas obras por um triz ainda vivas que me foram destinadas e que retomadas a outro o seriam, muito obrigado, e começar a rir, com o riso longo e mudo de inexistente avisado, ouvindo-me atribuir palavras tão fortes, que senso de humor, confessem que vocês desabam, vão acabar andando de bicicleta. Eis o coro dos contabilistas, eles opinam como um único homem, mais um, e ainda há mais, nem todos os povos bastariam, no fim de bilhões se precisaria de um deus, das testemunhas testemunha sem testemunha, felizmente foi tudo por água abaixo, nada foi começado, nunca houve nada além de nunca e nada, que felicidade, nada para sempre a não ser palavras mortas.

XIII

Enfraquece ainda, a velha e fraca voz, que não soube me fazer, sumindo para dizer que vai embora, tentar noutro lugar, ou sussurrando, como saber, para dizer que vai parar, não mais tentar. Não houve outra voz, diz ela, a não ser ela em minha vida, se é que falando de mim se pode falar de vida, e ela pode, ainda pode, se não de vida, aí ela morre, se ao menos isso, se ao menos aquilo, aí ela morre, se falando de mim, aí ela morre, mas quem pode mais pode menos, do que não pode falar quem pode falar de mim, até certo ponto, até o momento em que, ela morre, está farta, de falar de mim, aqui, acolá, diz, murmura. Quem, não é ninguém, não há ninguém, há uma voz sem boca, e um ouvido em algum lugar, algo que deve ouvir, e mão em algum lugar, ela chama isso de mão, quer criar a mão, enfim, alguma coisa, em algum lugar, que deixe rastros, do que se passa, do que se diz, é realmente o mínimo, não, é romance, mais romance, só existe a voz, murmurando e deixando rastros. Rastros, quer deixar rastros, sim, como o ar por entre as folhas, por entre a relva, por entre a areia, é com isso que quer fazer uma vida, mas já, já termina, não haverá vida, não terá havido vida, haverá silêncio, o ar que por mais um instante ainda estremece, antes de para sempre se imobilizar, nuvenzinha de poeira por um momento caindo. Ar, poeira, aqui não há ar, nem nada que crie poeira, e falar de instantes, de breves momentos, é para não dizer nada, mas aí está, são estas as palavras que ela emprega, ela que sempre falou, sempre falará, de coisas que não existem, ou existem noutro lugar, se assim se quiser, se for isso existir, mas aí está, não se está falando de outro lugar, está se falando de aqui, ah, aí está ela enfim, aí está ela de novo, era preciso sair daqui, ir para outro lugar, para onde o tempo passa e os átomos se juntam, por um momento, talvez para o lugar onde ela venha, de onde às vezes ela diz que deve ter vindo, para poder falar de tantas quimeras. Sim, sair daqui, mas aí está, está vazio, nem uma poeirinha, nem um bafo, só o dela, por mais que se mexa nada é feito. Se eu estivesse aqui, se ela tivesse sabido me fazer, como eu a lastimaria, por ter falado tanto em vão, não, assim não, ela não teria falado em vão, se eu estivesse aqui, e eu não a lastimaria, se ela me tivesse feito, eu a amaldiçoaria, ou abençoaria, ela estaria em minha boca, amaldiçoando, abençoando, quem, o quê, ela não conseguiria dizer, já não conseguiria dizer grande coisa, em minha boca, ela que soube dizer tantas coisas, em vão. Balelas, que passem, são as últimas. Mas essa compaixão, essa compaixão que está contudo no ar, embora aqui não haja ar, que possa provocar compaixão, mas é uma expressão, será que é preciso se deter nela, perguntar de onde vem, ela se pergunta, e se não é uma leve esperança brilhando, maliciosamente, entre cinzas traiçoeiras, outra expressão, leve esperança de um pequeno ser, afinal de contas, gênero humano, lágrima nos olhos antes de ter visto alguma coisa, não, não deve, não mais que no resto, não deve mais se deter em nada, nada mais deve detê-la, em sua queda, ou ascensão, talvez ela termine num agudo, num urro. Na verdade não se falou muito de coração, no sentido próprio, ou figurado, mas não é motivo para ter esperanças, de quê, de que um dia haverá um, para ser enviado para morrer lá em cima, em meio às sombras chinesas, que pena, que pena. Mas o que será que ela espera afinal, já que está decidido, já que é inevitável, para fechar sua grande goela morta, mais uma locução, ter juntado todas as suas asneiras talvez, numa cadência digna do resto.

Últimas perguntas de sempre, poses de menina nos lençóis do fim, últimas imagens, fim dos sonhos, do ser que chega, do ser que passa, do ser que foi, fim das mentiras. Será possível, será esta enfim a coisa possível, a extinção desse nada negro de sombras impossíveis, enfim a coisa factível, que o infactível finde e o silêncio silencie, ela se pergunta, esta voz que é silêncio, ou eu, como saber, de meu eu de duas letras, são sonhos, silêncios que se valem, ela e eu, ela e ele, eu e ele, e todos os nossos, todos os seus, todos os seus, mas de quem, sonhos de quem, silêncios de quem, velhas perguntas, últimas perguntas, nossos, que somos sonho e silêncio, mas acabou, estamos acabados, nunca fomos, não haverá mais nada lá onde nunca nada houve, últimas imagens. E quem se envergonha, a cada milionésimo mudo de sílaba, e inextinguível infinito de remorsos se entranhando, de mordida em mordida, de ter que ouvir, de ter que dizer, aquém do menor murmúrio, tantas mentiras, tantas vezes a mesma mentira e mentirosamente desmentida, quem cujo silêncio estridente é ferida de sim e faca de não, ela se pergunta. Mas o desejo de saber, o que foi feito dele, ela se pergunta, já não existe, o coração já não existe, a cabeça já não existe, ninguém sente nada, nada pergunta, nada procura, nada diz, nada ouve, só há silêncio. Não é verdade, sim, é verdade, é verdade e não é verdade, há silêncio e não há silêncio, não há ninguém e há alguém, nada impede nada. E a voz, a velha voz enfraquecida, silenciasse enfim e não seria verdade, como não é verdade que ela fala, ela não pode falar, não pode silenciar. E houvesse um dia aqui, onde não há dias, não é um lugar, vindo da impossível voz o infactível ser, e um lampejo de luz, ainda assim tudo estaria silencioso e vazio e escuro, como agora, como em breve, quando tudo tiver acabado, tudo sido dito, ela diz, murmura.

NOTA DA TRADUTORA

Os *Textos para nada* foram escritos primeiro em francês e traduzidos em seguida para o inglês pelo próprio Samuel Beckett. A presente tradução foi feita a partir do texto francês, mas seu cotejo com o texto inglês permitiu não só esclarecer dúvidas como também solucioná-las com base neste último.

Agradeço aos amigos que, generosamente, de um modo ou de outro, ajudaram na tradução de palavras e expressões deste difícil texto: Braulio Tavares, Célia Euvaldo, Guido Almeida, Hugo Mader, Jennifer Burford, João Luiz de Araújo Ribeiro e Virgínia de Araújo Figueiredo.

POSFÁCIO

ENTRE O LODO E A LUZ

LÍVIA BUELONI GONÇALVES

Publicados em 1955 juntamente com as novelas "O expulso", "O calmante" e "O fim", os *Textos para nada* marcam uma transição na prosa de Samuel Beckett.[1] Os treze fragmentos foram compostos entre 1950 e 1952, imediatamente após a escrita de *O inominável* (1953), último romance da famosa trilogia antecedida por *Molloy* (1951) e *Malone morre* (1951). A obra aproxima-se de *O inominável* e, ao mesmo tempo, vislumbra um novo caminho para a prosa beckettiana.

Os *Textos para nada* fecham o produtivo ciclo da narração em primeira pessoa na prosa de Beckett e trazem um narrador em conflito, tentando encontrar uma saída para seu impasse narrativo, esperançoso de um dia voltar a contar histórias, mas vendo-se como um "mero boneco de ventríloquo" (p. 38) de uma voz que não se define, não se apresenta. Sua capacidade de narrar está em jogo assim como sua própria autonomia, sua própria identidade. O início do quarto fragmento expõe a dúvida que atormenta o narrador durante toda a obra: "Para onde eu iria, se pudesse ir, o que seria, se pudesse ser, o que diria, se tivesse uma voz, quem é que fala assim, dizendo que sou eu? Respondam simplesmente, que alguém responda simplesmente" (p.19).

Em uma das raras entrevistas que concedeu, Beckett disse:

> Ao fim de minha obra, não há nada a não ser o pó – o nomeável. No último livro, *O inominável*, há uma desintegração completa. Nada de "eu", nada de "ter", nada de "ser". Nada de nominativo, nada de acusativo, nada de verbo. Não há meio de ir adiante.

---

1 A obra foi escrita em francês e publicada pela Minuit com o título *Nouvelles et Textes pour rien* (1955).

> A última das coisas que escrevi, os *Textos para nada*, foi uma tentativa de escapar da atitude de desintegração, mas falhou.[2]

A desintegração mencionada se refere justamente a *O inominável*. Nessa obra, o narrador perde o controle de sua narrativa, tenta construir pequenas histórias sem sucesso, angustia-se e passa a questionar a origem de sua voz. Essas características também permeiam fortemente os *Textos para nada*. A própria forma romanesca, ainda reconhecível na trilogia, não se sustenta mais e Beckett começa, a partir desse momento, a escrever narrativas mais curtas e fragmentadas. A prosa que viria na sequência traz a marca da brevidade e da indistinção de gênero. O autor passa a produzir textos mais híbridos, flertando com a lírica e com o drama, gênero pelo qual se tornou conhecido.

Para além do teatro, Beckett teve uma carreira extremamente produtiva. Escreveu romances, contos, novelas, peças radiofônicas, televisivas, ensaios e também alguns poemas. No campo da prosa é visto como um dos autores fundamentais para se pensar a crise da narrativa no século xx, principalmente a partir da publicação da trilogia romanesca. Os *Textos para nada* surgem exatamente no momento pós-trilogia. Nessa época, Beckett começaria a traçar um novo caminho para sua prosa, que adquire um caráter cada vez mais experimental. O romance *Como é* (1961), publicado na sequência, continuaria a explorar imagens que surgem nesses fragmentos, como o espaço da lama, as visões do mundo da luz e a voz condutora

---

2 Entrevista de 1956 a Israel Shenker, do *The New York Times*. V. Fábio de Souza Andrade, "Algumas entrevistas", in *Samuel Beckett: O silêncio possível*. São Paulo: Ateliê Editorial, 2001, p. 186.

do discurso. Essa voz que perturba o narrador começa a assumir diversas configurações na obra de Beckett, assim como a ideia do aprisionamento na mente, temas já aparentes nos *Textos para nada*.

+ + +

A obra integra a segunda fase da prosa do autor, marcada pela adoção da língua francesa e pelo emprego do narrador em primeira pessoa. Esse período inicia-se por volta de 1945, no pós-guerra, momento em que Beckett decide morar em Paris. A opção por escrever em francês, contudo, não estava somente ligada à escolha da França como nova pátria. Segundo James Knowlson, biógrafo autorizado e estudioso da obra beckettiana, o autor estava em busca de uma nova forma de escrita. Beckett teria dito que, em francês, era mais fácil escrever "sem estilo", ou seja, com mais simplicidade e objetividade.[3]

A recusa à língua inglesa não se revelou definitiva e Beckett voltou a usá-la na composição de algumas obras de sua fase final, tornando-se um escritor bilíngue. O autor também traduziu algumas de suas obras do francês para o inglês, caso dos *Textos para nada*. *No's Knife* (Calder & Boyars, 1967) foi a primeira edição inglesa a trazer os fragmentos reunidos e traduzidos por Beckett. Alguns deles já haviam sido publicados isoladamente em revistas da época.

O afastamento do idioma materno foi uma estratégia essencial para que o autor se distanciasse da tradição literária inglesa, principalmente a joyciana. Beckett define-

---

3 James Knowlson, *Damned to Fame: The Life of Samuel Beckett*. Nova York: Grove Press, 1996, pp. 323-24.

-se em oposição a seu conterrâneo irlandês afirmando que, enquanto Joyce "tendia para a onisciência e a onipotência enquanto artista", ele lidava com a impotência e a ignorância.[4] Um romance como *Murphy* (1938), da primeira fase em inglês, ainda apresenta semelhanças com o universo joyciano. Há uma profusão de personagens e situações narradas em um estilo rebuscado e muito distante da simplicidade e condensação buscadas por Beckett posteriormente. Já em seu romance seguinte, *Watt* (1953), também escrito em inglês, o autor começaria a enfatizar os questionamentos em torno da linguagem e da representação que marcariam seus trabalhos subsequentes.

O percurso do narrador em primeira pessoa começa com as novelas "O expulso", "O calmante", "O fim" e *Primeiro amor* (1970), engloba a trilogia romanesca e encerra-se nos *Textos para nada*.[5] Essas narrativas apresentam versões de um mesmo protagonista que migra de uma história para outra. Beckett escreveu-as entre 1945 e 1950, além das peças *Esperando Godot* (1952), *Eleutheria* (1995) e do romance *Mercier et Camier* (1970). Este é o período conhecido como *siege in the room*, época bastante frutífera para o escritor, na qual ele compôs os trabalhos que o tornariam célebre. As obras em prosa dessa fase, embora distintas, sempre apresentam um protagonista que conta sua própria história de vida, marcada pela solidão e errância pelas ruas. Há situações presentes nas novelas que ressurgem na trilogia romanesca configurando um mesmo universo – um homem errante, munido de seu típico chapéu, casaco e alguns objetos, que vaga por

---

4 Ver F. S. Andrade, op. cit., p. 186.

5 Apesar de pertencer ao mesmo período, a novela *Primeiro amor* foi publicada apenas em 1970, separada das outras três.

cidades indefinidas à procura de abrigo. Seu discurso é repleto de lacunas e interrupções. Sua memória é falha. "Já me é difícil dizer o que julgo saber" avisa o narrador de *Primeiro amor* logo nas primeiras linhas da novela.[6] Apesar dos percalços com a linguagem, o protagonista dessas histórias ainda é dono de seu discurso. A capacidade de narrar, entretanto, começa a se decompor gradativamente e, a partir de *O inominável*, a instância narrativa passa a ser intensamente questionada. Quem fala? É a questão que ronda o narrador desse romance.

O ato da escrita assume um papel central nesses textos, já que há referências constantes à maneira com a qual se narra, às palavras utilizadas e ao próprio encaminhamento e valor da narrativa. Nessa sequência de obras é possível notar uma crescente insatisfação com o ato de narrar, ainda que o narrador beckettiano seja obcecado pela continuidade de suas histórias. "Do que tenho necessidade é de histórias, levei muito tempo para saber disso. Mesmo assim não tenho certeza", diz Molloy.[7]

As dúvidas e intervenções fazem parte das novelas, de *Molloy*, *Malone morre* e acirram-se em *O inominável.* Este romance parece transcender os próprios limites da ficção e apresentar um questionamento angustiado de um autor que reflete sobre como continuar escrevendo, com que voz, quais palavras, quais histórias. A abertura do romance é bem conhecida: "Onde agora? Quando agora? Quem agora? Sem me perguntar. Dizer eu. Sem pensar. Chamar isso de perguntas, hipóteses. Ir adiante, chamar

---

6 Samuel Beckett, *Primeiro amor* [1970], trad. Célia Euvaldo. São Paulo: Cosac Naify, 2004, p. 2.

7 Id., *Molloy* [1951], trad. Ana Helena Souza. São Paulo: Globo, 2007, p. 31.

isso de ir, chamar isso de adiante".[8] A tentativa de responder essas perguntas gera todo o movimento da narrativa, mas o narrador não encontrará respostas, transformará sua busca no próprio centro da obra.

O mesmo caminho continuará nos *Textos para nada*. "Eu não podia ficar ali e não podia continuar." (p. 5) A constatação presente logo no primeiro fragmento retoma as últimas palavras de *O inominável* – "é preciso continuar, não posso continuar, vou continuar". Apesar do impasse, o narrador beckettiano nunca desiste, nunca se cala. A prosa do autor acaba se desenvolvendo no embate entre as dificuldades de narrar e o imperativo de seguir adiante. O narrador dos *Textos para nada* segue do ponto em que *O inominável* parou.

\+ + +

Textos para nada é um título que alude à ideia de inutilidade, de uma composição sem serventia ou propósito. O nome da obra também tem origem na expressão *mesure pour rien*, momento silencioso no começo de uma performance musical com o objetivo de estabelecer o ritmo.[9] O aparente desdém da expressão "para nada" denota uma insatisfação com o ato de narrar. O descontentamento, entretanto, é o gatilho que faz com que o narrador persista. Beckett referiu-se à obra como uma "tentativa que falhou". A ideia da falha é recorrente no

---

8 Id., *O inominável* [1953], trad. Ana Helena Souza. São Paulo: Globo, 2009, p. 29.

9 V. Christopher John Ackerley e Stanley Eugene Gontarski, *The Grove Companion to Samuel Beckett*. Nova York: Grove Press, 2004, p. 562.

universo beckettiano e relaciona-se com a impotência sentida pelo narrador. Se ele não se satisfaz, transforma suas dificuldades em matéria literária. Em uma obra como "Pra frente o pior" (1983), já na prosa final de Beckett, "falhar" passará a ser o mote do texto – *Try again. Fail again. Fail better*. A ideia por trás desse objetivo é nunca desistir da tentativa de narrar, acolher as falhas da empreitada e seguir adiante.

A leitura dos treze fragmentos mostra um narrador confuso, tentando entender a situação em que se encontra. Cada "texto" é um parágrafo corrente, um desabafo do narrador a respeito de sua condição. O espaço que ele habita é uma espécie de limbo. Frases como "estou lá em cima e cá embaixo" ou "meu chapéu caiu" (pp. 7-8) transmitem essa ideia de passagem, de um mundo que se abandona. As narrativas da errância pelas ruas vão ficando para trás, mas o momento é nebuloso e as lembranças desse tempo continuam presentes. O narrador ainda está apegado às suas velhas histórias, mas sente que seu controle se esvai cada vez mais. A história de Joe Breem é relembrada no primeiro fragmento. Ela aparece na novela "O calmante" como a narrativa responsável por fazer o protagonista, então menino, adormecer. Temos aqui o tema da ficção como companhia, frequente na obra de Beckett. Apesar de todas as desconfianças em relação à linguagem e questionamentos sobre o ato de narrar, contar histórias continua sendo essencial para o homem beckettiano. Mas como narrá-las? O narrador dos *Textos para nada* expõe intensamente esse conflito.

O mundo da luz ou o mundo dos vivos, do qual fazem parte a sra. Calvet, o sr. Joly e Piers (segundo fragmento), não abriga mais o narrador da obra, que tampouco pretende voltar para lá. Os personagens são apenas recordações de um passado remoto que ele não pode mais configurar. Seu espaço é "outra redoma" e ele pensa na possibilidade de estar dentro de uma cabeça, a "masmorra de marfim" (pp. 10-11).

A ideia do aprisionamento na mente torna-se comum em alguns textos escritos posteriormente, como "Mal visto mal dito" (1981) e "Pra frente o pior". Tais obras chamam a atenção para o que ocorre no "manicômio do crânio", local em que se processa a criação literária. Dentro da mente, o narrador luta com as palavras, com as imagens e com seus próprios sentidos, a capacidade de ver e ouvir o mundo. O tema do confinamento também será retomado em outras obras do autor, como "O despovoador" (1970). Nessa narrativa acompanhamos um grupo de pessoas presas dentro de um cilindro e as regras que permeiam a convivência entre elas. O texto traz ecos do inferno dantesco. Estar confinado, seja em um local, seja na mente, é um tema recorrente na prosa tardia de Beckett, nas chamadas narrativas do encerramento. Os habitantes do cilindro desejam encontrar uma saída assim como o narrador dos *Textos para nada* busca alternativas para continuar narrando.

Especialmente nos textos reunidos sob a classificação de segunda trilogia beckettiana – "Companhia" (1979), "Mal visto mal dito" e "Pra frente o pior" –, há ainda uma discussão em torno dos sentidos da percepção humana. Ver está no centro de "Mal visto mal dito" e temos aqui um olho que se destaca e busca as imagens. Ouvir está no centro de "Companhia" já que, nessa obra, um ouvinte deitado no escuro escuta trechos de uma história de vida que parece ser a sua.

O refúgio para dentro da mente, para a investigação do que ali ocorre, já se revela nos *Textos para nada*. Percebemos em diversos trechos uma tentativa do narrador de imaginar um corpo para ele, o que não se concretiza – "Mas e o corpo, para ir até lá, onde está o corpo?" (p. 45). Só a cabeça parece ter sobrado.

Na chamada trilogia romanesca, há uma progressiva perda da corporalidade do protagonista. Molloy usa muletas e termina sua história arrastando-se pelas redondezas de uma floresta. Malone está entrevado em uma cama. O narrador de *O inominável* não pode sequer ser pensado como um indivíduo dotado de um corpo, como se estivesse no limite entre o mundo interior e o mundo exterior, na mesma zona fronteiriça habitada pelo narrador dos fragmentos. Nesse ponto as elucubrações e reflexões da mente ganham destaque. O mesmo processo ocorre no teatro de Beckett se pensarmos em peças como *Dias felizes* (1961), *Play* (1963), *That Time* (1974) e mesmo *Not I* (1976). Os personagens surgem com seus corpos enterrados ou simplesmente como cabeças flutuantes. No caso de *Not I*, o sujeito está reduzido a uma boca sem rosto que fala. Nomes passam a ser transformados em letras. Se Winnie ainda é nomeada, os personagens de *Play* são apenas M, W1 e W2, o protagonista de *That Time* é um "Ouvinte" e a mulher de *Not I* apenas "Boca". A perda do corpo associa-se à perda da identidade e o narrador passa a duvidar da autonomia de sua fala – "Esta voz não pode ser a minha" (p. 21).

O desejo do narrador é parar de falar e atingir o silêncio, mas essa voz o atormenta e não permite que ele se cale. A voz que ele diz ouvir – "digo como ouço" – também é central no romance *Como é* e se destaca ainda mais em "Companhia". Nesta obra, a voz é responsável por trazer as supostas lembranças do ouvinte e assume um estilo próprio, sempre se dirigindo ao sujeito em segunda pessoa, tentando fazer com que ele recupere sua memória:

> Um garotinho você sai das lojas Connolly segurando a mão de sua mãe. Vocês dobram à direita e avançam em silêncio em direção ao sul ao longo da estrada. Depois de uns cem passos vocês rumam para o interior e encaram a subida íngreme em direção a casa.[10]

Apesar da clareza de sua dicção e da insistência em trazer essas recordações detalhadas, a voz não atinge seu objetivo. O ouvinte de "Companhia" é incapaz de reconhecer aquelas memórias como suas.

Vemos que Beckett seguiu buscando novas configurações para a manifestação da voz em sua prosa. Nos *Textos para nada*, ela ainda pode se confundir com uma voz interna do próprio narrador, mas em obras posteriores ela ganha mais independência. A escolha indica uma cisão cada vez maior dessa consciência falante, um esfacelamento de seu controle sobre a narrativa e sobre suas próprias lembranças. Talvez a autonomia da voz não seja tão marcante nos *Textos para nada* como em uma obra como "Companhia". No entanto, há imagens que sugerem claramente um narrador manipulado por outra instância, como a menção ao boneco de ventríloquo (p. 38) e o momento em que o narrador sente-se como em um barbeiro, em "boas mãos" (p. 46). As tais mãos, contudo, estão ali para fechar seus olhos, narinas e orelhas, quase o sufocam e mexem em seu queixo e sua língua para que ele continue sua "velha ladainha" (p. 46). Continuar falando é uma obrigação e quase uma tortura. Se o narrador não encontra um caminho, passa a ser forçado por essa voz.

---

10 Samuel Beckett, "Companhia", in *Companhia e outros textos*, trad. Ana Helena Souza. São Paulo: Globo, 2012, p. 29.

Para além da questão em torno da voz que narra, temos ainda nos *Textos para nada* imagens que colocam o próprio narrador no papel de um acusado. No quinto fragmento acompanhamos um julgamento e sua condição é relacionada à do homem que cumpre uma pena, um castigo. No entanto, ele não é apenas o acusado, mas também "juiz e parte, testemunha e advogado, e aquele, atento, indiferente, que anota" (p. 22). A variedade de papéis reforça a ideia de cisão do sujeito. O narrador está perdido e ocupa várias posições, além de ter a obrigação de anotar, escrever o que se passa. Isso sem mencionar a voz condutora do discurso. A desintegração dessa consciência é quase total e o caráter fragmentário da obra espelha essa perda de controle. Não há mais uma história a se acompanhar e o leitor segue as reflexões do narrador em busca de uma saída para seu impasse: "Se eu dissesse, Ali há uma saída, em algum lugar há uma saída, o resto viria" (p. 41).

No trecho do julgamento, também surgem questões que retomam outras obras de Beckett, como a referência a Pozzo, personagem de *Esperando Godot*. Nesse espaço de transição, em que não se pode parar, mas também não se sabe como prosseguir, o narrador é constantemente atormentado por essas visões do universo beckettiano. A imagem da floresta também é muito presente nos *Textos para nada* e faz com que nos lembremos de Molloy. No sexto fragmento, aparecem ainda "os vigias", "os enfermeiros" e os *ghouls*, monstros folclóricos que se alimentam de sangue e cadáveres (p. 27). A presença dessas figuras faz com que pensemos não apenas em um narrador aprisionado, mas ferido e mesmo morto, no entanto, sua fala não cessa.

O sétimo fragmento traz claramente a ideia de passagem através das imagens da estação de trem, na qual o narrador aguarda com seu "bilhete na mão" (p. 34). Logo na sequência ele diz que espera "um trem que jamais chegará, jamais voltará a partir" (p.35). O que, a princípio, poderia sugerir movimento ou mudança se cancela e temos novamente a sensação de paralisia, de um tempo que não progride. O único avanço está em sua própria fala, em sua capacidade de refletir sobre seu impasse. Alguns críticos chamam a atenção para o fato de que, nesse fragmento, o narrador faz um balanço de sua empreitada:

> Será que tentei tudo, esmiucei por toda parte, sorrateiramente, escutando com paciência, sem fazer barulho? Estou falando sério, como de costume, queria ter a certeza de que fiz tudo, antes de me ausentar e desistir. (p. 32) [11]

A reflexão se faz justamente "no meio do caminho", mas o narrador não chega a nenhuma conclusão e continua tentando. Na segunda parte da obra, entretanto, as tentativas de contar histórias são menos frequentes e há uma concentração maior nas considerações do narrador sobre seu estado nesse local incerto, vítima da voz que o transforma em um boneco manipulado.

A impossibilidade de se calar gera um discurso no qual as palavras se mesclam às lágrimas (p. 36) e a boca é comparada ao ânus (p. 46). A luta com a palavra sempre esteve no centro do projeto estético de Beckett: "Nomear, não, nada é nominável, dizer, não, nada é dizível, o que então, não sei, não devia ter começado" (p. 49).

---

11 V. James Knowlson e John Pilling, "Texts for Nothing", in *Frescoes of the Skull: The Later Prose and Drama of Samuel Beckett* [1979]. Nova York: Grove Press, 1980, p. 52, e C. J. Ackerley e S. E. Gontarski, op. cit., p. 565.

Na conhecida carta a Axel Kaun, um amigo alemão do escritor, Beckett explicita o desejo de "cavar buracos na linguagem" para que "aquilo que está à espreita por trás - seja isto alguma coisa ou nada - comece a atravessar".[12] A desconfiança da linguagem como uma ferramenta possível de representação faz com que o autor se refira à palavra como fonte de sofrimento ou mesmo excremento. No entanto, não há saída para quem tem justamente na palavra seu ofício. Esse embate se radicaliza em uma obra como "Pra frente o pior", em que o narrador tenta "mal dizer" e "piorar" as imagens que vê, submetendo as palavras a uma experimentação intensa, sempre na tentativa de buscar seu valor mínimo, o que há "por trás" delas ou, ainda, buscar algo que o satisfaça para que a narração prossiga. Se a fala não pode parar, atacar o discurso em si passa a ser o objetivo: "Dizer por ser dito. Dito mal. Desde agora dizer por ser dito mal".[13]

Os *Textos para nada* estão em um período anterior a esse ataque direto à palavra, mas preparam o terreno para o que ocorreria posteriormente na prosa de Beckett. Os fragmentos estão mais centrados na instabilidade do narrador em relação à sua fala e sua condição, nesse meio do caminho entre as narrativas da errância e as narrativas do encerramento. Na prosa final, este narrador se reconfigura em um *eu-observador* que passa a investigar as condições de representação do mundo de forma mais distanciada. No entanto, ele não deixa de se afetar com o que narra e, como sempre, questiona seus métodos. "Mal visto mal dito" seria

---

12 F. S. Andrade, "Carta de Samuel Beckett a Axel Kaun, a 'Carta Alemã' de 1937", op. cit., p. 169.

13 Samuel Beckett, "Pra frente o pior", in *Companhia e outros textos*, op. cit., p. 65.

uma obra representativa dessa nova forma de narrar que surge na prosa de Beckett. A angústia com a origem da fala transfere-se para a forma de representar o que se observa.

Stanley Gontarski diz que os *Textos para nada* "representam um salto do modernismo ao pós-modernismo, das vozes interiores às vozes exteriores, da interioridade para a exterioridade".[14] Segundo o crítico, nessa obra a narrativa foi substituída pelas tentativas da consciência em apreender, compreender uma imagem mas, obviamente, esse esforço falha no mundo beckettiano. Os fragmentos seriam o desdobramento de uma narração contínua, que nunca se completa. Essa é exatamente a impressão que temos quando chegamos ao último texto da série.

No fechamento da obra, a voz está cansada e farta, mas não pode fechar sua "grande goela morta" (p. 58), precisa deixar seus rastros e segue sem dar descanso. A sensação é de que a voz continuará falando para sempre, sem que o narrador compreenda o que se passa ou atinja o desejado silêncio:

> Não é verdade, sim, é verdade, é verdade e não é verdade, há silêncio e não há silêncio, não há ninguém e há alguém, nada impede nada. E a voz, a velha voz enfraquecida, silenciasse enfim e não seria verdade, como não é verdade que ela fala, ela não pode falar, não pode silenciar. (p. 59)

No último fragmento, o impasse atinge seu ápice, o narrador vai e volta em seu discurso e a inquietação se intensifica através dos cancelamentos do que ele tenta afirmar.

---

14 S. E. Gontarski, "From Unabandoned Works: Samuel Beckett's Short Prose", in *Samuel Beckett: The Complete Short Prose (1929--1989)*. Nova York: Grove Press, 1995, p. xxv.

Não há como se apegar a nada do que ele diz. Nesse texto a voz tenta "fazer" o narrador, criar um ser para ele, intenção que não progride:

> Se eu estivesse aqui, se ela tivesse sabido me fazer, como eu a lastimaria, por ter falado tanto em vão, não, assim não, ela não teria falado em vão, se eu estivesse aqui, e eu não a lastimaria, se ela me tivesse feito, eu a amaldiçoaria, ou abençoaria, ela estaria em minha boca, amaldiçoando, abençoando, quem, o quê, ela não conseguiria dizer, já não conseguiria dizer grande coisa, em minha boca, ela que soube dizer tantas coisas, em vão. Balelas, que passem, são as últimas. (p.58)

A falha final da obra é manter o narrador preso nesse espaço da fala, sua própria matéria sendo feita de palavras. Não há corpo e segundo ele "a cabeça já não existe" (p. 59). Tudo se esvaiu. Só a voz prossegue, "murmura", tentando encontrar um novo lugar para se manifestar, o que de fato acontece em *Como é*, em "Companhia", no teatro tardio de Beckett, mas essa já é outra história.

A condição do narrador dos *Textos para nada* torna-se mais angustiante pois, apesar de habitar esse espaço obscuro e não ter controle sobre seu próprio ser e sua própria fala, ainda há esperança. Enterrado no lodo, ele olha para a luz, mas nenhuma saída se apresenta.

Coordenação editorial MILTON OHATA
Preparação LUIZA BARBARA
Projeto gráfico PAULO ANDRÉ CHAGAS
Revisão CACILDA GUERRA e PEDRO PAULO SILVA
Produção gráfica ALINE VALLI

Nesta edição, respeitou-se o novo Acordo Ortográfico da Língua Portuguesa.

Dados Internacionais de Catalogação na Publicação (CIP)
(Câmara Brasileira do Livro, SP, Brasil)

Beckett, Samuel [1906-1989]
Textos para nada: Samuel Beckett
Título original: *Textes pour rien*
Tradução: Eloisa Araújo Ribeiro
Posfácio: Lívia Bueloni Gonçalves
São Paulo: Cosac Naify, 2015

ISBN 978-85-405-0875-0

1. Ficção inglesa – Escritores irlandeses
I. Ribeiro, Eloisa Araújo II. Gonçalves, Lívia Bueloni III. Título.

13-05766 CDD 823.91

Índices para catálogo sistemático:
1. Ficção: Literatura irlandesa em inglês 823.91

COSAC NAIFY
rua General Jardim, 770, 2º andar
01223-010 São Paulo SP
cosacnaify.com.br [11] 3218 1444
atendimento ao professor [11] 3823 6560
professor@cosacnaify.com.br

FONTES FARNHAM e TUNGSTEN
PAPEL OFFSET 100 g/m^2
IMPRESSÃO OGI, CHINA